写给孩子的动物文学

Tonghou Yashika
童猴雅什卡

（俄罗斯）勃·瑞特科夫等 著　韦苇 译

北京时代华文书局

精彩的动物故事 不朽的生命传奇

韦苇

工业文明和科技文明的发达,给人类自身造成一种错觉,使人们以为人和人的支配欲可以无限制挥发,可以任意奢侈。其实,地震和海啸就告诉我们,人和人的意志不是万能的,"人定胜天"不是一个放诸四海而皆准的不易真理。在地震和海啸面前,自以为万能的人和动物一样,抗拒不了更控制不了发生在我们这个星球心脏部位的激情。地震和海啸其实是把人类放在与动物同样的地位上,人类有时候显得更脆弱更无能,甚至动物已经对地震有预感的时候,人类还茫然无所知。这样来认识大自然,我们就会认识到人类的渺小;这样来思考生命,就能够摆脱"人类中心主义"的立场,就能消除人类对动物的傲慢与偏见,就能消除人类在大自然面前的错觉,承认人类并不是地球的主宰者、不是大自然的主宰者,人只不过是地球上一种能用语言思考、表达,从而具有物质和精神创造能力的动物而已。只有当我们认识到,地球是一个人与动物命运与共的大生物圈,地球是人和动植物一起拥有的生存共同体,我们的生态伦理观念才能正确建立起来。这样,我们就会对有些生命意识和生态环境意识特别强的人怀有深深的敬意。所以,大自然文学、动物文学不可能在工业文明、科技文明和城市文明兴起的 19 世纪以前产生。当动物的生存问题因为工业和城市的迅猛发展而引起关注的时候,当作家对动物生命有新的理解的时候,以动物为本位、为重心的动物文学就应运而生了。动物文学作家只不过是用文学来思考大自然、思考生命的一批人,他们把真实的动物世界用艺术的语言经营成一个个精彩的故事、不朽的生命传奇,打造成文学图书的常青树。

动物文学能给孩子以独特的生命教育,从而有助于孩子的健康成长。

儿童从动物文学的形象中获得审美感动,与动物文学里的形象发生共鸣,与此同时,孩子会认识到,动物是一种与人类不同的生命存在,它们的行为可以促使孩子对人类的行为进行反观和反思,促使孩子审察人类自私本性的后果,从而克服人类的骄横和偏见。孩子在受到生命教育的同时,他们的人格也就能够在更宏阔、更丰盈的背景上得到健康的发展。

伟大的大自然文学作家米·普里什文的创作理念,就明显超越了环境保护和动物保护层面上的意义:他的作品激励读者去亲近大地母亲,去和大地和谐相处,去恢复与大自然的良好关系,去关注每一株草、每一棵树、每一种禽鸟野兽、每一座山峦、每一条河流。米·普里什文对大自然的理解,同常人很不一样,他说:"我们和整个世界都有血缘关系,我们现在要以亲人般关注的热情来恢复这种血缘关系。"所以他语重心长地说:"鱼儿需要清洁的水——我们要保护好我们的水源。森林里、草原上、山峦间,那里有种类繁多的动物——我们要保护好我们的森林、草原和山峦。""给鱼以最好的水,给鸟以最好的空气,给禽鸟野兽以最好的森林、草原、山峦。人总得有自己的祖邦,而保护好了大自然,就意味着保护好了自己的祖邦。"

高大的松树、清澈的湖泊、连绵的山峦、飞跃的松鼠、胆怯的小鹿,以及空气中扑面而来的脂香和果香,使得人的心灵能有一种与天地融为一体的感觉，可以获得从未有过的惬意和满足。

　　飞过天空的野鸭有无形的价值，出没于山间的灰熊有无形的价值；野外的声音、气味和记忆都有无形的价值。此刻，向森林走去，纵然只是向城市中央公园的绿洲走去，去看看鸟们筑在枝丫间的窝巢，我们感觉我们是去朝圣——心灵的朝圣。

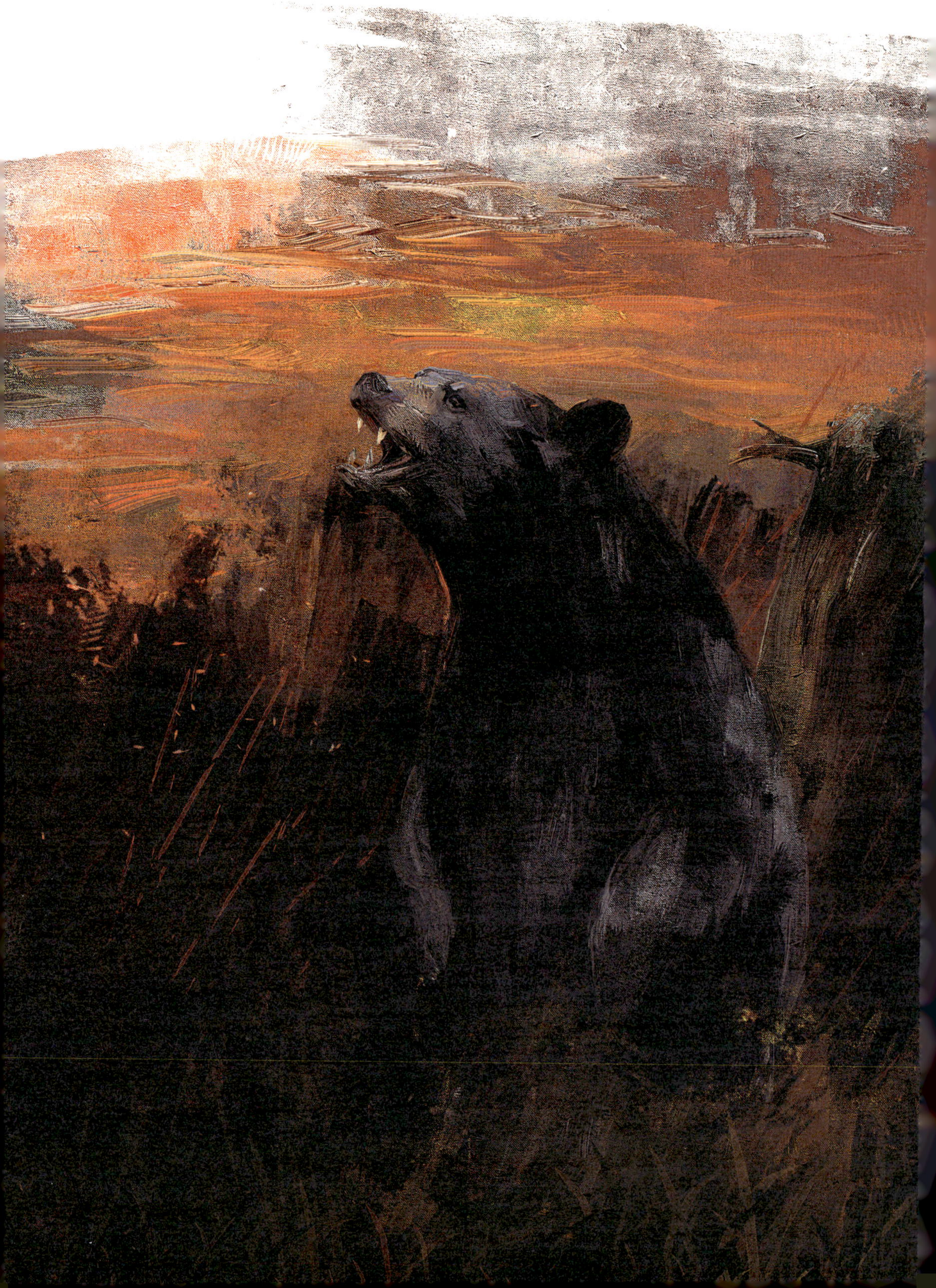

目 录 | CONTENTS

童猴雅什卡 _〔俄罗斯〕勃·瑞特科夫　　　　　　　　001

大　象 _〔俄罗斯〕勃·瑞特科夫　　　　　　　　018

绝顶狡猾的兔子 _〔俄罗斯〕尼·斯拉德科夫　　　　　　　　022

托皮克和卡佳 _〔俄罗斯〕尼·斯拉德科夫　　　　　　　　028

长脚的蛋蛋 _〔俄罗斯〕尼·斯拉德科夫　　　　　　　　031

听蛋说话 _〔俄罗斯〕尼·斯拉德科夫　　　　　　　　034

南飞的鸟群 _〔俄罗斯〕尼·斯拉德科夫　　　　　　　　037

喜　鹊 _〔俄罗斯〕尼·斯拉德科夫　　　　　　　　041

讨人喜欢的寒鸦 _〔俄罗斯〕尼·斯拉德科夫　　　　　　　　045

好,你躲里面吧 _〔俄罗斯〕尼·斯拉德科夫　　　　　　　　048

乌鸦的信号 _〔俄罗斯〕尼·斯拉德科夫	051
谁在冰下唱歌 _〔俄罗斯〕尼·斯拉德科夫	054
鸟界的岗哨 _〔俄罗斯〕尼·斯拉德科夫	056
新　声 _〔俄罗斯〕尼·斯拉德科夫	060
"给我！给我！给我！" _〔俄罗斯〕尼·斯拉德科夫	062
长翅膀的歌声 _〔俄罗斯〕尼·斯拉德科夫	065
春天的歌 _〔俄罗斯〕尼·斯拉德科夫	068
森林里热闹起来了 _〔俄罗斯〕尼·斯拉德科夫	072
隐身的小鸟 _〔俄罗斯〕尼·斯拉德科夫	074
潜水小把式 _〔俄罗斯〕尼·斯拉德科夫	077
隐而不见的鸟 _〔俄罗斯〕尼·斯拉德科夫	079
坏了嗓子的杜鹃鸟 _〔俄罗斯〕尼·斯拉德科夫	082
转来转去的燕雀 _〔俄罗斯〕尼·斯拉德科夫	084

彼此相帮 _〔俄罗斯〕尼·斯拉德科夫　　　　086

陌生的叫声 _〔俄罗斯〕尼·斯拉德科夫　　　　087

埋在夏雪里的小鸟 _〔俄罗斯〕尼·斯拉德科夫　　　　089

会唱歌的树 _〔俄罗斯〕尼·斯拉德科夫　　　　091

树梢上的布谷鸟 _〔俄罗斯〕尼·斯拉德科夫　　　　093

小 唧 唧 _〔俄罗斯〕尼·斯拉德科夫　　　　095

夜莺的巧舌 _〔俄罗斯〕尼·斯拉德科夫　　　　097

鸟歌为我指路 _〔俄罗斯〕尼·斯拉德科夫　　　　100

插进来的故事更精彩 _〔俄罗斯〕尼·斯拉德科夫　　　　103

我的鸟和我 _〔俄罗斯〕尼·斯拉德科夫　　　　105

鸟的语言 _〔俄罗斯〕尼·斯拉德科夫　　　　107

鹦鹉的语言 _〔俄罗斯〕尼·斯拉德科夫　　　　109

大无畏的旅行家 _〔俄罗斯〕尼·斯拉德科夫　　　　111

冬　债 _〔俄罗斯〕尼·斯拉德科夫	112
这块融雪地属于谁 _〔俄罗斯〕尼·斯拉德科夫	115
美丽的鹧鸪 _〔俄罗斯〕尼·斯拉德科夫	119
夜猎活动正在进行 _〔俄罗斯〕尼·斯拉德科夫	121
这 是 谁 _〔俄罗斯〕尼·斯拉德科夫	123
椋鸟小屋里的秘密 _〔俄罗斯〕尼·斯拉德科夫	127
林中琐语（10则）_〔俄罗斯〕尼·斯拉德科夫	130
熊怎样翻身 _〔俄罗斯〕尼·斯拉德科夫	136
谁的脚印 _〔俄罗斯〕尼·斯拉德科夫	139
熊这样吓着了自己 _〔俄罗斯〕尼·斯拉德科夫	141
沼泽地里的牲口 _〔俄罗斯〕尼·斯拉德科夫	143
刺猬找乐子 _〔俄罗斯〕尼·斯拉德科夫	146
森林的心脏 _〔俄罗斯〕尼·斯拉德科夫	148

会飞的小兽 _〔俄罗斯〕尼·斯拉德科夫　　151

小卡佳和天鹅蛋 _〔俄罗斯〕雅鲁什尼科夫　　153

陌 生 鸽 _〔俄罗斯〕杜多奇肯　　156

我怎么把秧鸡活埋了呢 _〔俄罗斯〕韦·阿斯塔菲耶夫　　159

鹬竟这样聪明 _〔俄罗斯〕尼·斯拉德科夫　　163

可尊敬的鸟 _〔俄罗斯〕尼·斯拉德科夫　　166

林马可真能唱 _〔俄罗斯〕尼·斯拉德科夫　　168

林中信号 _〔俄罗斯〕尼·斯拉德科夫　　171

珍贵的鸟歌 _〔俄罗斯〕尼·斯拉德科夫　　177

好奇心是寻觅、探求、发现、创造的动力源。用动物文学来培养你的好奇心!

——韦苇

童猴雅什卡

〔俄罗斯〕勃·瑞特科夫

我那年20岁,还在学校里念书。有一天,课间休息的时候,我的好同学尤希明科走过来对我说:"我给你一只小猴子,童子猴,你想要吗?"

我不信他的话。我想,他是逗我玩,跟我开玩笑哩,这从他眼睛里那迸出来的星光就能看出来,他的眼睛在说:"你看我,我灵敏得像不像小猴子?"

"得了,"我说,"我们知道你灵活。"

"你以为我在逗你吗?"他说,"是真的哩。活脱脱的一只小猴子,好玩极了。我叫它雅什卡。可爸爸天天生我们的气。"

"生你们的气——你,还有谁?"

"生我和雅什卡的气呀。"他说,"他迟早会把它弄死的。我想,放你那里去最稳当。"

上午的课一完,我就和他一起到他家去。

路上走着的时候,我还是不相信他说的是真的。我想,天上掉馅饼啦,我真的会有一只活生生的小猴子啦?所以,我一路盘问他的小猴子是什么模样的。尤希明科说:"过会儿,你就看见了。你不用怕它,它着实还小。"

我到他家,见到那猴子真的很小。就是踮着后脚跟站起来,最多也就四厘米吧。小猴子满脸皱巴巴的,看上去一副老相,就眼睛骨碌骨碌,亮晶晶的,挺活泛。它的毛通身棕红,爪子漆漆黑,活像戴着一副黑手套。身上穿一件蓝背心。这确实是一只小童猴。尤希明科唤它:"雅什卡,雅什卡,过来!给你吃的,要不?"

他把手插在大衣口袋里。小猴子"哎哎"叫着,一蹦,蹦到他手上。他立刻把它藏进了大衣的袖筒里,然后它钻进了他的胸怀中。

"咱们走吧!"他说。

我简直不相信我的眼睛。我们在大街上走着,谁也不知道尤希明科的怀里揣着猴子这样一个活物。

尤希明科告诉我,这猴子都该让它吃些什么。

"你给它什么,它就吃什么。特别爱吃甜的。纸包糖——它馋的正是糖,一颗接一颗,狼吞虎咽,一下就吃多了,把肚子吃坏了。茶它也喜欢喝,不过不要让它喝浓茶,最好在茶里放点糖。你就给它喝糖茶,茶里搁两块方糖,别拿硬糖给它嚼,要让它吃砂糖。有糖吃,它就会一直喝,喝个不停。"

我全神贯注地听他讲,边听边想,给它吃三块我也舍得的,我就给它吃我的小人糖。

这猴子没有尾巴。我得问问尤希明科猴子尾巴的事。

"它的尾巴呢?"我问,"它的尾巴你砍掉了?"

童猴雅什卡

"它是蛮猴,"尤希明科说,"本来不长尾巴的。"

我和尤希明科来到我们家。妈妈和几个小姑娘坐在餐桌边吃午饭。我和尤希明科连大衣也没脱,就径直走进我的房间。我说:"看我们都有什么了!"

妈妈和小姑娘们都同时回过头来。尤希明科一下打开他的大衣。妈妈和小姑娘们都还来不及看清是什么跳出来的时候,小猴子已经从尤希明科的胸前蹦到妈妈头上;四脚轻轻一弹就跳到了餐桌上。妈妈的头发转眼成了鸡窝。

大家都又跳又叫:"噢,谁呀?这是谁呀?"

雅什卡在餐桌上一站稳,就把嘴伸向菜盘,喷吧喷吧吃起来,牙齿咬得嘎叽嘎叽的响。

尤希明科害怕起来,他想这下该挨骂了,就一下冲到门口,溜掉了。

谁都没有注意到尤希明科已经溜掉了。大家的目光都集中在猴子身上。几个小姑娘忽然大声叫起来:"啊呀,太好玩了!"

妈妈一直在梳她的头发。

"哪儿来的?"

我扫了一眼四周。知道尤希明科已经不在了。这就是说,我现在是猴子的主人了。我也想学尤希明科的样子,让大家看看应该怎么样来对付这调皮的猴子。我像尤希明科那样,把一只手插在大衣口袋里,像尤希明科那样对它大声说:"雅什卡,雅什卡!过来,看我给你吃的!"

大家看着我。可雅什卡连看都不看我一眼,只不时用它的爪子轻轻挠着自己的头毛。

写给孩子的动物文学

天渐渐暗下来。可雅什卡还在餐桌上不下来。它小步儿小步儿地跳着，从餐桌上跳到门口，又从门口跳到柜子上，又从柜子上跳到壁炉上。

到了傍晚，爸爸说话了："这小猴子不可以留在家里过夜，它会把我们整个家都弄翻天的。"

我去逮雅什卡。我扑到餐桌上，它跳到壁炉上。我拿起长柄刷把它从壁炉上赶下来，它又一下从壁炉上蹦到座钟上。座钟晃动起来，而小猴子对座钟的晃动根本若无其事——它压根儿就不怕摇晃。它又从座钟跳到油画上，油画前后摆动起来，我怕它会把油画晃下来，可雅什卡这时又从油画上纵身跳到电灯线上。这时，大家都起来追赶雅什卡了。大家你向它扔皮球，我向它扔线圈，他向它扔火柴盒，最后好不容易把它赶进了一个角落。

雅什卡蜷缩在壁角里，龇出牙齿，舌头弹得吧嗒吧嗒响，想用这一手来吓唬我们。但是它被一床毛毯罩住，随即就被裹了起来。

雅什卡四脚挣扎着，吱吱嘶叫着，但它很快被严严蒙住，只露出了一个小脑袋。它

童猴雅什卡

的头呜噜呜噜转着，嚓啦嚓啦眨巴着眼睛，现出一副马上就要哭出来的样子。总不能每天晚上都来这样裹它一次呀！父亲说："把它拴起来。拴在桌脚上。"

我找来一根绳子，把绳子穿过雅什卡背心的纽扣眼，再打上个结。这下小猴子不可能跑开去捣乱了。雅什卡的背心有三颗纽扣，我把它们全扣上。然后我提起雅什卡，把绳子在桌脚上拴好，这才去松开毛毯……

我从餐桌上的糖罐里掏出一块方糖，递给雅什卡。它伸过小黑爪来接过糖块，咔嚓一下使劲咬开。它这一咬，我看到它的脸皮全都皱了起来。

我让它把爪子伸给我看。它向我伸过它的手来。

这时，我才看清它的黑爪子是多么好看。我抚摸着它的这玩具似的手，我想，跟人的孩子一模一样呢。我轻轻摩挲着它的手掌。而它忽然抽回它的手，来摸我的脸颊。我躲闪不及，我的脸被拍了一巴掌。它随后钻到了餐桌底下，它坐在那里嚼糖吃。瞧这个小娃娃儿！

我们玩了一阵，爸爸妈妈就来催我睡觉了。

我想把雅什卡拴在床脚上，但是爸爸妈妈不让。我躺在床上，一直竖着耳朵在听雅什卡的动静。我想，得想办法给它弄一张小床来，好让它像人这样在床上睡觉，像人睡觉一样盖上被子，让它睡觉时也能枕上枕头。我想着想着，就睡着了。

早晨，我一骨碌从床上跃起，穿上衣服，奔去看雅什卡。

绳子上拴着的雅什卡不见了。绳子还在，绳子一头还系在小背心上，而小猴子却不见了踪影。我细一看，背心的三颗纽扣都被解开了。万想不到，它竟能解开纽扣，扔下绳子，自己溜了。我先是在屋里找。我光着脚板四处找。

童猴雅什卡

找遍了，没有……

那一定是逃到屋子外面去了。外面寒风刺骨，地上的冰一片白花花的。我立刻冷得受不住，回屋披上大衣。突然，我看见我的被子下有什么在动，被子还窸窸窣窣发响。我不由得浑身一激灵。原来，它在这儿！这是因为它在地板上冷得受不了了，才躲到我床上来取暖的。它怎么钻进我被窝的？我竟一点也不知道！我睡熟了，什么也没有感觉到。雅什卡半睡半醒，惺惺忪忪，没有躲藏，一下投进了我的手掌。我赶快拿过蓝背心给它穿上。我们坐下来喝早茶的时候，雅什卡跳到了桌子上，东看看西看看，一下看见了搁在桌子上的糖罐，就马上伸进去抓了一块糖，然后一蹦蹦到门框上。它跳起来轻快极了，简直像是在飞。猴子的脚上有指甲，跟我们人的指甲没什么两样。这后脚要抓什么，一抓就能抓住。它能像人那样坐着，手指伸缩自如，同时脚爪想抓什么就能抓住什么。

它抓过一把餐刀，就拿着餐刀嘣嘣地在地上跳。谁要是想去夺过刀来，它就逃开去躲起来。我们把牛奶装在杯子里给它喝，它像抱水桶那样抱起杯子，喝了一大口，吧嗒吧嗒咂咂嘴。我看它爱喝甜牛奶，我就毫不吝啬地给它多放糖。

我去上学的时候，把雅什卡拴在门把手上。这次我把它在腰间拴住，免得像上次那样解开纽扣逃脱了。回家的时候，我在前厅看雅什卡在干什么。它后腿吊住门把手荡秋千，像人在做单杠动作似的。接着，它攀到门框上头，踩着门框走过来走过去。

我坐下做作业时，把雅什卡放在我的书桌上。它很喜欢到电灯旁边取暖。它打瞌睡的时候，像个冬日在墙根烤太阳的小老头——晃动着，半闭的眼睛看着我的蘸笔往墨水瓶里蘸。

然而有一次,我爸爸生雅什卡的气了。雅什卡摘了我们家窗台上的花,还摘下叶子揉着玩。爸爸一把将雅什卡抓起来,狠狠揍了它一顿,然后拴上绳子带到阁楼上。上阁楼的楼梯虽很窄,阁楼的地板缝却很宽,要往下钻很容易。

这就发生故事了。

父亲要去上班了。他拍了拍大衣,梳了梳头,戴上礼帽,正下楼梯呢。扑通!一团灰泥从上面落了下来。父亲在楼梯上站住脚,掸掉礼帽上的灰泥。他抬起头来,往上看了看。什么人也没有。可当他重又开步走的时候,扑通!一团石灰正正地打在了他的脑袋上。

怎么回事?

这时,我在一旁清清楚楚看见了雅什卡跟我的爸爸捣蛋。它用手指在墙上抠下灰泥,放在楼梯旁边,而自己隐身躲在楼梯上,躲在父亲头顶的上方。等父亲沿楼梯往下走去,它就伸出脚把灰泥拨下去,正好打在父亲的礼帽上。这都是因为昨天父亲揍了它,它报复父亲呢!

但是,当冬天正儿八经来临的时候,当刺骨寒风像吹号筒似的呼呼狂叫的时候,当大雪在窗台上厚厚堆积起来的时候,雅什卡开始犯愁了。我天天把它抱在怀里,让它在火炉边取暖。雅什卡整天愁眉苦脸,瑟缩着身子,牙齿抖得嗒嗒发响,只要我在家,它就往我怀里钻。我打开紧身衣,让它躲在我的冬衣里面。它两只黑脚、两只黑手缩作一团,抓着我的内衣,紧贴着我的胸怀。它就抓住我不松开,在我怀里睡觉。有时我忘了我怀里睡着个活生生的小猴子,碰到桌边时就会挤压着它。雅什卡立刻就会用手

童猴雅什卡

掌拍拍我的腰部，提醒我，让我小心些，别挤碰着它……

雅什卡一直忌恨着父亲。后来他们终于和解了。

那是因为雅什卡从我父亲那里得了些蜜饯。我的爸爸要戒烟，要抛弃抽烟的坏习惯，所以每到想抽烟的时候，就去吃些蜜饯。每到吃过午饭，爸爸用大拇指打开装着蜜饯的烟盒，一只爪子就立刻伸过来拿蜜饯。雅什卡在一旁等着这一时刻，一旦爸爸把装了蜜饯的烟盒打开，它就立刻行动，伸过来它的爪子。爸爸就把烟盒里的蜜饯统统给了它。雅什卡一只手接过了烟盒，另一只手就像爸爸那样用大拇指去打开烟盒。但它的手指很细很小，而烟盒盖子很紧，所以怎么也打不开。它急得吱吱大叫。而一旦爸爸打开烟盒又轻轻合上，雅什卡就伸过它的手指和爪子，伸出像凿子似的大拇指来要开烟盒。我的爸爸扑哧一声笑了起来，他打开烟盒盖，递给雅什卡，让它自己拿。雅什卡迫不及待地把手伸进烟盒里，拿出了大大一把，塞进了自己的嘴里，随后就远远地跑开了。它不是每天都能这样走运，这蜜饯不是说吃就可以吃到的！

雅什卡被安顿在一个提篮里，有褥垫，有被子，有枕头。然而小猴子并不愿意像人那样躺在床上睡觉，它喜欢自己缩作一团，整个夜晚像个动物标本似的蹲着睡。妈妈给它缝了一件带披肩的绿色连衣裙，这下，雅什卡看起来就像是一个从保育院抱回来的被剪了发的小姑娘。

有一次，我听见隔壁房间里有响动。是怎么回事？我悄悄走近去看，看见穿着绿色连衣裙的雅什卡在窗下站着，一只手拿着煤油灯灯罩，一只手拿着刷子，用刷子使劲在那里刷灯罩。它刷得那样专心，连我走近它，它都没有听见。这是因为它多次看见人擦灯罩，所以它也要自己来试试。

但是到晚上，当只有它一个在房间的时候，它自作主张把灯芯旋上来，于是跳动的火光上就冒起了浓黑浓黑的烟，从灯罩上口冲腾出来，飘得满屋子都是煤烟味。它吓坏了，呆呆地对灯坐着，被火烟呛得嗷嗷嗷不停地叫。

这么一来，雅什卡就倒大霉了。爸爸把它关进了笼子。我大声骂它，还打它。但是我对雅什卡生气也就一阵子。雅什卡会主动来讨我喜欢，它变得非常温柔可爱，爬到我的肩膀上来亲我，在我头发间扒过来刮过去，睁着大眼寻找什么东西。这种不停地扒刮和寻找的动作，是在表达它对我的亲昵感情呢。

它想求我给它吃东西的时候，比如说求我给它吃蜜饯，给它吃苹果，它就会蹿到我肩膀上来，开始关切、亲昵地用它的爪子来拨弄我的头发，在我头发里扒刮着寻找什么东西，如果找到什么小动物，就送进嘴里咬碎，吃掉。

有一天，一位贵妇人来我家做客。她向来视自己为美人。她穿着打扮十分讲究，浓妆艳抹，清香袭人。身上穿的不是绸就是缎，一迈步一动作就稀里哗啦地响。她把头发绾成一大卷，盘绕在头上，看上去九曲弯弯，婉转有序，像一团发亮的云彩。脖子下面长长的项链坠着一面小镜子，上头的银边迸射着耀眼的光芒。

雅什卡小心翼翼地沿着地板，轻轻跳到她身边。

"啊哈，这童猴样子好可爱！"贵妇人说。就把自己的项链取下来给它玩。

雅什卡拿着小镜子翻过来覆过去，玩了一阵，就一下跳上了贵妇人的膝盖，接着就把小镜子搁进嘴里去试咬。

童猴雅什卡

贵妇人拿回小镜子，攥在手心里。而雅什卡很想玩小镜子。贵妇人漫不经心地用戴着手套的手撸着雅什卡，随后从膝盖处把它推到了地板上。可雅什卡却还想去亲近她，想讨得贵妇人的喜欢。它又一下跳上了她的膝盖。它还伸出后爪去抓她盘卷如云彩的头发，抓得很紧，并开始翻动她的头发，扒着、刮着、找着，看她的头发间有没有什么小动物躲藏。贵妇人的脸一下涨得绯绯红。

"走了！走了！"她说。

可是她走不掉！雅什卡在她头上扒刮得更起劲了。它一边用爪子扒梳着她的头发，一边不时把捉到的什么东西放进嘴里咬嚼。

贵妇人是一有空就要坐在镜前欣赏自己的，现在她从镜子里看到自己的头发被雅什卡弄成了个鸡窝，就差点儿哭出声来。我走上前去相救。哪里救得了！雅什卡用出它吃奶的力气，死死抓住她的头发，充满野性的目光恨恨地对着我看。贵妇人想把它从衣领上拨下去，而雅什卡从另一侧抓住了她的头发。她看了一眼镜子，她的头发已经完全蓬乱，活脱脱成了一个稻草人！我举起拳头威吓雅什卡，女客人这才用双手牢牢蒙住头，夺门而出。

"没有教养！"她说，"太没有教养了！"说着就不辞而别了。

"要是尤希明科不来把小猴子领回去，"我想，"我最多养到开春，以后就谁要谁领走。这小猴子给我带来多少麻烦了啊。"

春天说来就来。天气一天比一天暖和，雅什卡也一天比一天活跃，它惹出的麻烦也一天比一天多。它很喜欢到外面去，去自己玩自己的，不受任何人的管束。外面的院子很宽很大，起码有一公顷呢。院子中间有个堆

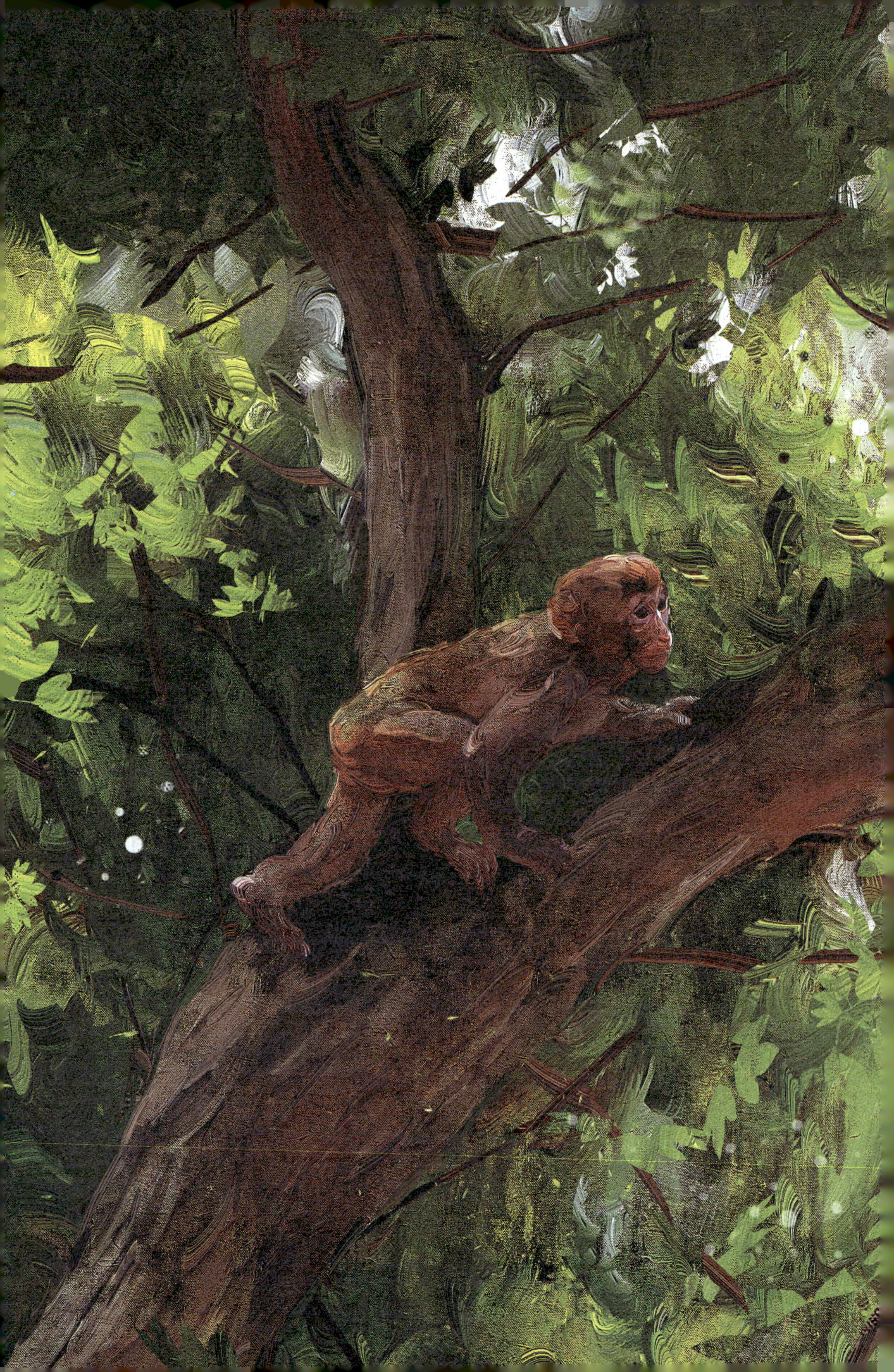

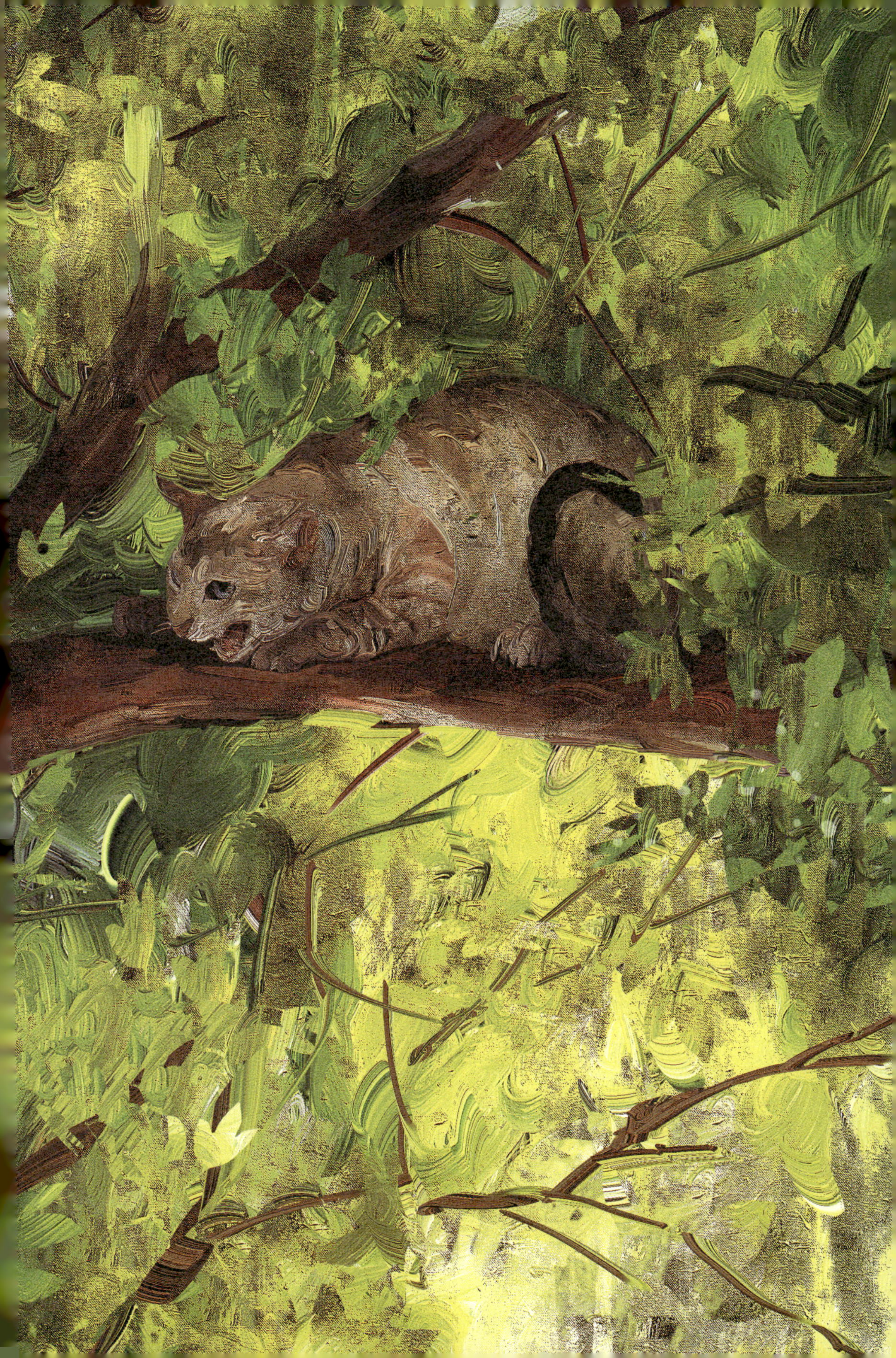

煤的煤场，院子周边林列着仓库，为了看守好仓库，还专门养了一大群狼狗。那些狗一只比一只大，一只比一只凶。有一只叫卡什坦的红毛狗领头叫、领头冲。卡什坦吠着冲向谁，狗群也就汪汪叫着冲向谁，卡什坦要放过谁，其他的狗也就都不敢上前去碰一碰。外面的狗要是冒冒失失闯进来，卡什坦就奋不顾身地冲过去跟它撕咬，把对方打翻在地，随后踩在它身上狂声吠叫，让其他想要进院的狗都望而却步。

我站在窗口往院子里望，倒是没有狗。我想，我就放雅什卡到院子里走走吧。我把绿色连衣裙给它穿上，别让它冻感冒了。我让它坐在我肩上，向院子走去。我一开门，不料雅什卡就顾自跳到了地面，在院子里跑起来。突然，不知从什么地方蹿出来一群大狗，由卡什坦领头直对着雅什卡冲来。雅什卡像个绿色洋娃娃似的傻愣着，不知如何是好。我想，雅什卡这下完了，卡什坦眼看就要扑过来把它撕个粉碎了。卡什坦向雅什卡冲来。万不料雅什卡却向卡什坦走过去，坐下来，双眼直视卡什坦，等卡什坦冲过来。卡什坦在离小猴子还有一步远的地方站了下来，龇出上下两排獠牙，嗥叫着，但是并没有扑向这个陌生的怪物。所有的狗也就都一下止步不前了，等待卡什坦给它们发号施令。

我想跑过去救雅什卡。但是突然，雅什卡嗖一下纵身跃到了卡什坦背上，然后瞬间骑在了卡什坦脖子上。随即，一撮撮狗毛从卡什坦身上飞出来。叭叭叭，雅什卡一下连一下照准狗脸狗嘴捶击，那动作之快，我简直看不清它的爪子。卡什坦猞猞叫着，叫出来的声音是这样令人毛骨悚然，跟在卡什坦后面冲出来的所有狗，都吓得魂飞魄散，很快纷纷退去，拖着尾巴蔫蔫地散开了。卡什坦垂头逃跑，而雅什卡用它的后爪在狗毛丛里死死钳

童猴雅什卡

住狗脖，稳稳地骑着，两手牢牢扯住狗耳朵，狗一路狂奔一路撒下缕缕狗毛。卡什坦完全给突如其来的怪物吓晕了，它嘴里野性十足地吠叫着，绕着煤堆一圈又一圈地飞跑。跑到第三圈时，雅什卡突然一蹦，从狗脖上弹身跃起，飞到了煤堆上，接着不慌不忙地跑到煤堆顶上。那里有个小小的木头亭子，它三下两下蹿上了亭顶，坐在那里刮梳腰侧的猴毛，那神态像是刚才什么事儿也没有发生过。这实在是太不可思议，太难以想象了！

而卡什坦被怪兽吓得一直躲在院门后头。

从这天起，我就放放心心地让雅什卡到院子里去玩了。它一出门从台阶上下去，院子里的狗就都畏缩到院门后头去，不敢动弹。雅什卡大模大样在院子里走，谁也不怕……

不过雅什卡还是有个对头。说来都没人信，这对头竟是一只猫。这事真叫我想不明白！猫住在煤栈旁边，大家想起来了就给它喂点残羹冷炙，就这样竟还吃得肥肥胖胖的，个子都差不多有狗大了。这猫动不动就抓人，谁被它抓，谁倒霉！

有一天，夕阳西斜的时候，雅什卡在院子里走着玩。我怎么叫它，它都不回来。我看见大个子猫走出来，跳上院子里一棵大树下的长椅。雅什卡看见猫，就径直走过去。它四脚着地慢悠悠走着，一边向长椅走去，一边直勾勾瞅着猫。猫抬起后腿，背像拱桥那样弯弯弓起，作好迎敌的准备。而雅什卡无所谓地向猫走去，越走越近。猫瞪大了双眼，步步向后退去。雅什卡一跳，跳上了长椅。猫仍一步一步向后退去，直退到碰着了树。我的心一下紧张得发僵，几乎不能跳动了！而雅什卡却照样向猫爬去。猫已经瑟缩成一团，屁股高高抬起。突然，猫猛一跳，没有扑向雅什卡，而是

写给孩子的动物文学

跳上了大树。它贴在树身上，掉转头来往下瞅小猴子。雅什卡无所顾忌地向大树走去。猫又往高处爬了爬——树向来就是猫自救的一个所在。不料雅什卡也爬上了树，它的四只黑爪稳稳地抓着树身。猫接着往上爬去，爬到树枝上，在树梢头上蹲着。它目不转睛地看着雅什卡的一举一动。雅什卡毫不犹豫，也向那根树枝爬去，似乎它生来就是为了把猫拿下、将猫抓住。猫已经退无可退了，它已经站在树枝尖尖上了，它所在的树枝已经很细，只够勉强把猫支撑住。树枝上下晃动起来。雅什卡不管不顾，四只爪子牢牢地抓住树枝，由着性子直直爬过去，爬过去。猫高高弓起背，突然奋起一跳，不管三七二十一，豁出命去向前一跳。雅什卡还步步紧逼，"咦唉——咿唔"地叫着，听起来完全是野兽的声音，听着不由得浑身起鸡皮疙瘩。这样的声音我还从来没有听到过哩！

拿下了猫这个对头，雅什卡就成了我们院子里的无敌之王了。

后来，有一天，我们发现它只喝糖茶，接着连糖茶也不要吃了。它又是痛苦呻吟，又是泪流满面。雅什卡不再到院子里去游玩了。它病了。大家都怀着怜悯的心情开始为它忙着找药。好在它的病很快就好了。

它又跑到院子里去玩了。现在我已经不再为它担惊受怕了。谁也欺负不了它，谁也抓不住它。所以，院子里整天只见它蹦蹦跳跳的身影。在家它也文静多了。我也不用担心它什么时候会给我惹个什么麻烦了。

但是，秋天到来的时候，大家就众口一词地说："天冷下来，魔王就不会再到院子里玩了。放它在家里胡闹可受不了。要么把它送掉，要么关进笼子里去。"

多讨人喜欢的一只小猴子啊，可现如今却成了魔王！于是我到班上到

童猴雅什卡

处打听：看谁要雅什卡。

我好不容易找到一个同学，我把他拉到一边，问他："我送你一只猴子，活鲜鲜的，你要吗？"

我不知道雅什卡后来生活得怎么样。不过在我送掉雅什卡的头些日子里，我总是牵挂它，对它放心不下；我嘴里不说，心里却老是惦记着它，惦记着小童猴，惦记着雅什卡。

大 象

〔俄罗斯〕勃·瑞特科夫

印度恒河两岸，许多人家都养着大象。

有一个印度人赶着大象到森林里去运木头。

森林里一片阴暗，人从来不到这种地方，大象在前头走，给主人踏出一条路来，还帮助主人砍树。主人把砍倒的树劈掉枝丫，然后一根一根放到象背上，让象驮载回家。

突然，大象不听主人的招呼了，停住了。它转动着眼睛，四下里紧张地探望，双耳不住地扇动，接着抬起它长长的鼻子，连声吼叫起来。

象主人也往四周看了看，可什么也没有看出来。于是他生气了，就用树枝照着大象的耳朵猛抽。这时大象倒反而把长鼻子卷成一个钩，将主人举起来放到自己的背上。

象主人想："我坐到象脖子上，赶起来还更方便哩。"

他骑在象脖子上，用树枝噼噼啪啪地直抽象耳朵，而象就是不走，不但不走，反而倒退了，四脚不停地原地踏着步，转动着长鼻子。然后一动不动，摆出一副要跟谁拼死一搏的架势。

象主人举起树枝,准备用出全身的力气来抽打象耳朵,可正在这当儿,从矮树林里跳出了一只老虎。老虎从大象身子后面跳起来,扑到象背上,想咬人。

但是老虎的尖爪只抓到了木头,木头从象背上哗啦啦滚落下来。老虎正要第二次扑来时,大象已经扭转身,用力大无比的象鼻子对老虎猛抽了一下。老虎张开血盆大口,伸出长舌,爪子在地上瞎刨一气。

大象把老虎举到高处,然后啪嗒一下,把它从高处摔到了地上,用大脚不停地又踩又踏。

大象的脚简直是四根柱子。大象把老虎踩成了肉饼子。一阵心惊胆战过去后,主人说:"我打大象打得太不应该了!如果不是大象救我,我已经没命了!"

于是主人从口袋里取出全部的干粮,给大象吃。

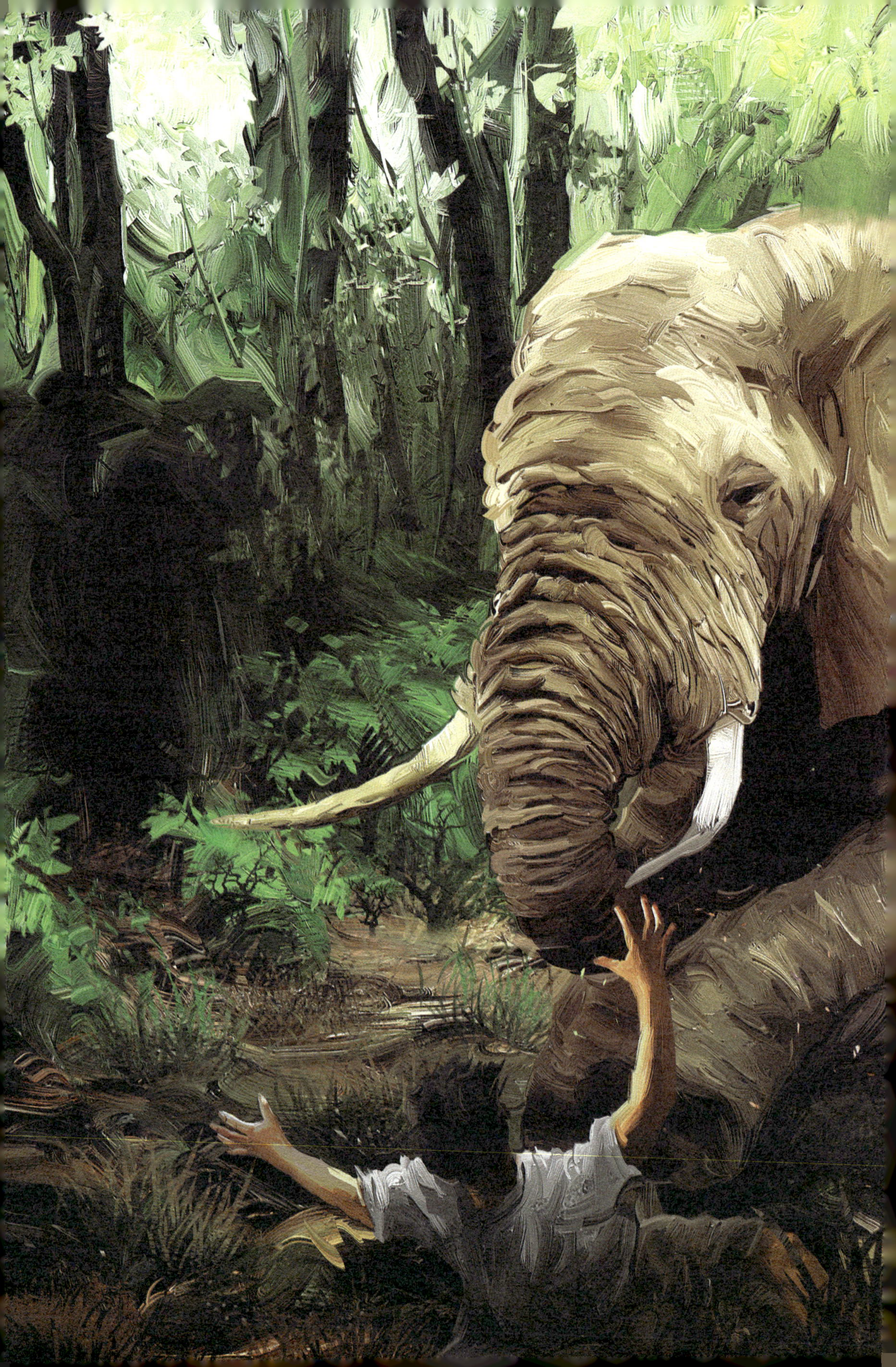

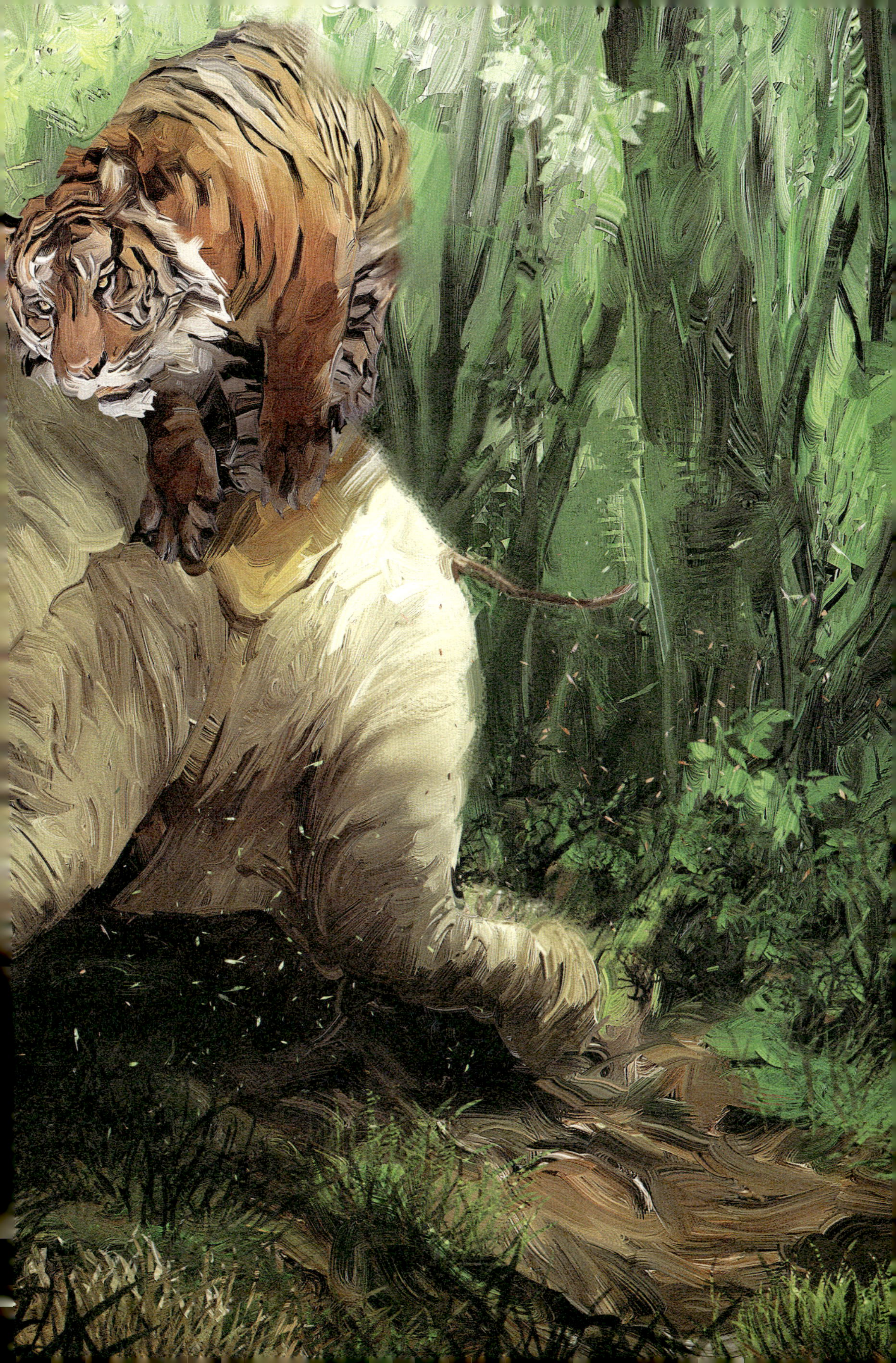

绝顶狡猾的兔子

〔俄罗斯〕尼·斯拉德科夫

自出娘胎，我还是头一次见识狡猾到这等地步的兔子！

这样说吧，要不是它狡猾得如此绝顶，它早落进猎鹰的爪子里，或者被猛兽连骨头都嚼碎吃了。

狐狸、狼、大山猫，在这片森林里多得数不清，它们天天出没在斜坡上，吃掉的兔子应该已经不计其数了，就剩下这只两只耳朵都已经被咬破的兔子。

它的这双耳朵是被一只大金雕啄掉的。这种大个子鹰防不胜防，好在兔子也只是丢了一双耳朵。不过，丢了耳朵的兔子学得百倍的聪明了。

但凡有一把年纪的鹰都是从天空斜扑下来，咚一下砸落在兔子背上，随即几下啄断它的脖颈。可啄了兔子耳朵的这只大金雕正当年轻力壮，它从后头追逐逃跑的兔子，追上以后，逮住，嚓一下把钩状利爪抠进了兔子耳朵。

被大金雕抠住耳朵，这只兔子却还照样跑。它从可怕的雕爪里挣脱出来，一眨眼，哧溜，钻进了一条岩缝里。

童猴雅什卡

写给孩子的动物文学

那面岩坡的石头块块都滑溜，有的呈喇叭形，有的呈洞穴状，兔子钻进去，缩在里头，连狐狸、兀鹰都奈何不了它。

金雕就守在岩洞洞口，时不时把头探进洞去瞄瞄，可它宽宽的翅膀硬是被洞口挡住了，死活进不去。金雕只得放弃这顿眼看到嘴的美味。它飞开去，抓另一只兔子了——总有笨些的兔子会被它逮住的。

野兔和家兔很不同，野兔不总待在一个洞穴里。它们深夜里才给孩子喂奶。

天亮，兔子一醒来就跳出洞穴，接着头一件事就是把过夜洞口的足迹踩乱，用爪子把土扒向四方，然后在石头底下或密林里撒腿奔跑。

据对兔子活动有专门研究的人说，容易被猛兽、猛禽捉去果腹的只会是那些在裸坡上睡觉的兔子。这只破耳朵兔子为什么不被猛兽、猛禽逮去充饥呢？就是因为，这只兔子的生活习性与其他兔子大不相同，它总是挑那些最溜滑的石洞居住。有一次，年轻力壮的金雕差点儿逮着它了，正是溜滑的石洞救了它一命。

哧溜！破耳朵兔子钻进了那溜滑的洞里，金雕再厉害也只好干瞪眼了。

狼也想把破耳朵兔子逮去充饥。狼可不比金雕，它能收缩自己的骨骼爬进溜滑的洞穴里去。可兔子猛抓伸进来的狼嘴和狼鼻，抓得狼满脸是血。狼只得退出洞来，灰溜溜地、怏怏地走了。

花背大山猫在猛兽中自是出名的凶残，它的头特别小，可它的身子却像蛇一样的灵活，能弯能扭、能屈能伸，什么坚硬溜滑的洞穴它都能钻进去。大山猫都已经闻到兔子的气味了，然而石岩毕竟太坚硬，它掀动不得，再扭曲身子也近不了破耳朵兔的肉身。

童猴雅什卡

于是，破耳朵兔子在自己的石洞里酣酣地睡了一个长冬，平安无事。

然而，兔子再狡猾也狡猾不过狐狸。狐狸逮兔子可是一等一的超级能手。狐狸来逮这破耳朵兔子，它就难逃一死了。

春天，雪化了，公狐和母狐都发现了它。它们在这个季节里养孩子，所以成天都待在一起。不用说，逮这只野兔也当然是一起行动。

破耳朵兔子躺在岩坡上晒太阳，温暖的阳光熏烤得它浑身舒坦。它蜷缩成一团，躺在那里，而它的斜眼却还是注视着四周，看会不会有谁来袭击它。

狐狸弯着腿，蹲身悄没声儿地爬近兔子。它以为，逮兔子对于它来说是十拿九稳的事。然而，它还是落了空！

破耳朵兔子及时发觉了它，一下弹跳起来……狐狸像一块往上抛起的石头，向兔子猛扑过去！

可破耳朵兔子只一跃身，就钻进了自己的石洞家里。

狐狸便在洞口蹲守，它有的是耐心。

破耳朵兔子在洞里等着，抓它的狐狸总归要跑开的。兔子等了一阵，然后探头瞅瞅，狐狸还在那里呢——它今天是非要抓住自己不可了。

破耳朵兔子太怕狐狸了，它只得穿过长长的山洞，从另一侧的洞口一跳一蹦悄悄溜掉。它就是这样从狼和大山猫的利爪边逃脱的。不过，这点狡智对付狼和大山猫有用，而对付狐狸，就不行了！

春天下崽期的狐狸往往是夫妇双双同时行动，就是说，要出动就公狐和母狐一道出动。

公狐开始在这个洞口悄悄埋伏下来，而母狐却已经跑到了另一个洞口去守着了。

不过，兔子的绝顶聪明，在于它猜到另一个洞口会有母狐在等它。它就从洞口咚一下跳出，直扑母狐而去。

母狐太想吃到眼看就可以到嘴的兔子肉了，想得口水都从它嘴角边滴滴答答流出来，直往下淌！

母狐见兔子自己送到它嘴边来，太好了！可它还来不及张开嘴呢，兔子已经从它左边兜了个圈，又哧溜一下钻回了岩洞。

母狐十分恼怒，它唬叫了一声，但也只好怪自己没有想到兔子会来这一招。现在公母俩猎手只好又到岩洞洞口去蹲守，想着兔子一蹦出来就将它逮住。它们知道，蹲守，唯有耐心蹲守，才是最好的主意，是不二法门。

又是原来那样，公狐在一个洞口埋伏着等，母狐在另一个洞口埋伏着等——也只好等了，还能有别的办法吗？

可破耳朵兔子才不笨哩。它从巨大的岩石间稍稍探出一点头去。它看见，一个洞口有公狐守着，另一个洞口有母狐守着。

两只狐狸看见：兔子时不时探出头来，一会儿转转尖端带黑点儿的左

边长耳朵,一会儿转转另一只尖端带黑点儿的右边长耳朵,随后又退缩回去——兔耳朵不见了。

狐狸夫妇晓得,再守下去没指望了,因为兔子能从石缝间吃到草。只要有吃的,兔子就可以不出来。很明显,狐狸夫妇捉兔子、吃兔子肉,这念头就断了吧。

所以,悻悻的狐狸猎手们懊丧地跑开了。

你能说这只兔子不聪明绝顶,不狡猾到家吗——这不,一对狐狸夫妇都不是它的对手,它在它们的眼皮底下生活着,生活下来,一年又一年,毫发无伤!

托皮克和卡佳

〔俄罗斯〕尼·斯拉德科夫

  树林里有一只小喜鹊,大家把它叫作卡佳;而兔子是家养的,大家叫它托皮克。一个是野生的,一个是家养的,两个却经常一起聊天。

  卡佳忽然去啄托皮克的眼珠子,兔子抬起爪子打了喜鹊一巴掌。不过它们过一下就又没事了,和好了,交情还越来越深,鹊心和兔心还心心相印。它们相互取长补短。

  托皮克除院子里的草,卡佳在一旁也不闲着,也一起啄吃嫩草,它撑开双脚,晃着脑袋,尽力帮忙。托皮克在园子里挖洞,卡佳前后左右拿嘴帮它叼土。

  但是,卡佳爱弄些湿漉漉的青草堆成堆,接着在草堆里头边跳边拍打,用这个办法来洗刷羽毛。这托皮克可就懒得学了,因为不喜欢用这样奇怪的办法洗澡,它索性把喜鹊的草堆吃掉。

  卡佳教托皮克偷我们种在田垄上的草莓果。这莓果甜,托皮克也很喜欢吃。但我们不让它们偷,拿起扫把向它们摔过去,把它们赶开。

  卡佳和托皮克玩的办法很奇特:卡佳飞到托皮克背上,啄托皮克的头顶,

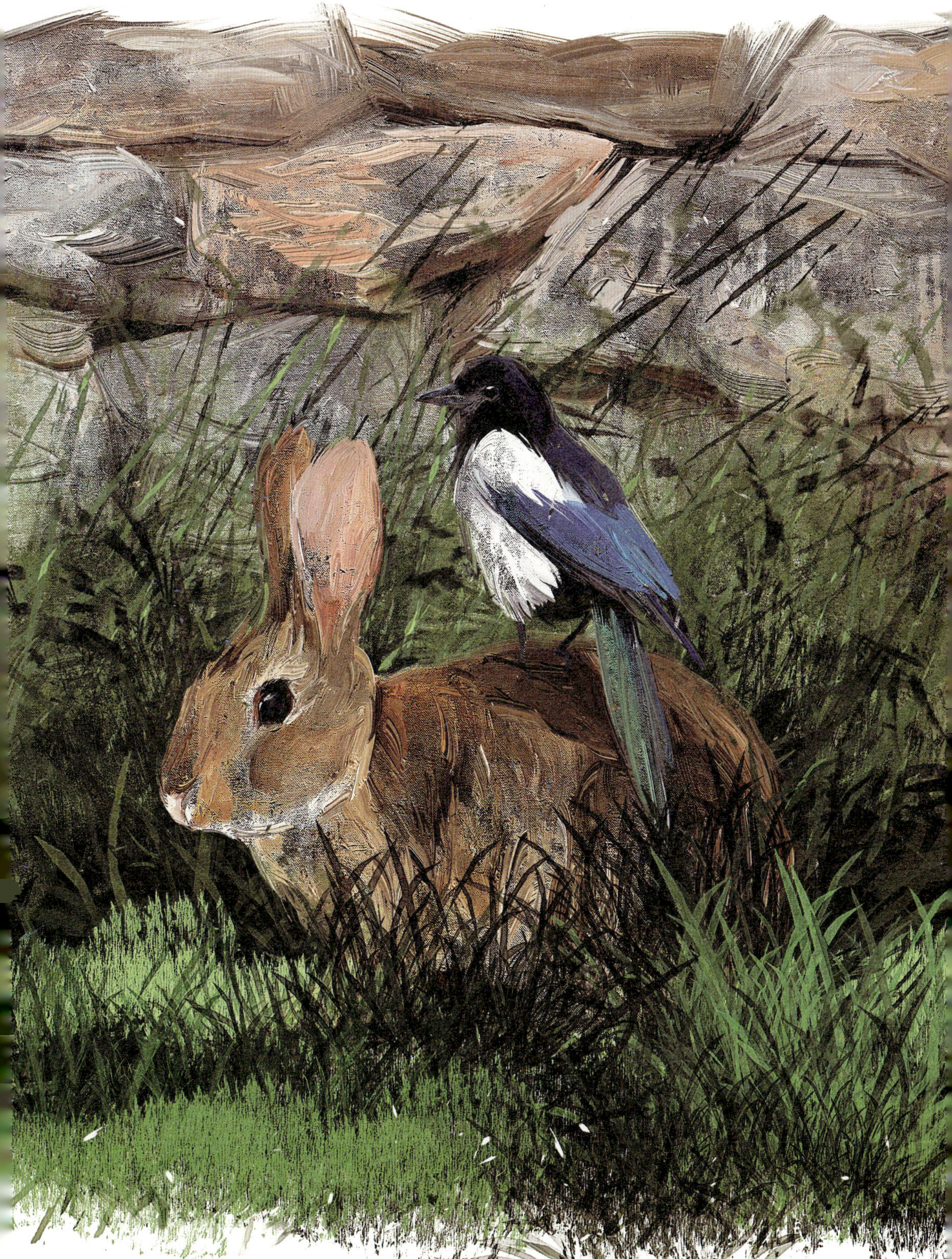

接着又啄兔子的耳朵。托皮克起先忍着，后来受不了喜鹊的折腾，就高高蹦起来，逃开。但是兔子逃得再快也快不过会飞的卡佳，于是兔子逃窜，卡佳大叫着追赶，闹成一团。

有一天，托皮克学卡佳飞，卡佳学兔子蹦。会蹦会飞，它们就用不着怕狗来欺负了。

这样，卡佳和托皮克白天在菜园里玩，夜里就一块儿在菜园里睡。托皮克睡在茴香地里，卡佳睡在大葱地里。狗不喜欢茴香味，也不喜欢大葱味，它一跑进这两块地，就连连打喷嚏。

长脚的蛋蛋

〔俄罗斯〕尼·斯拉德科夫

"很高兴,谁也没有来把你给吃掉。但我得拿走你的一个儿子,让它来陪伴我,让我走在森林里有个伴儿,不会感到寂寞。"

我弯下腰去,想把它拾起来。但是蛋儿却忽然跳起来,跑开了!我没有想到会有这样的事,所以伸出去的手不由得颤动了一下。不过,我马上逮住了小东西,把它抓到手……但是我抓起的只是一个空蛋壳。

一只刚孵出来的小鸟,通身的绒毛还湿漉漉的呢,一半蛋壳还粘着它的身子。鹧鸪妈妈还没有完全把它孵出来呢,它就急不可耐地背着半个蛋壳跑了起来。我剥掉粘在它身上的蛋壳,它就立刻溜走了,我还来不及细细多看它几眼呢,它就从我的手掌上跳到了地上,哧溜,钻进了小麦丛中,不见了。

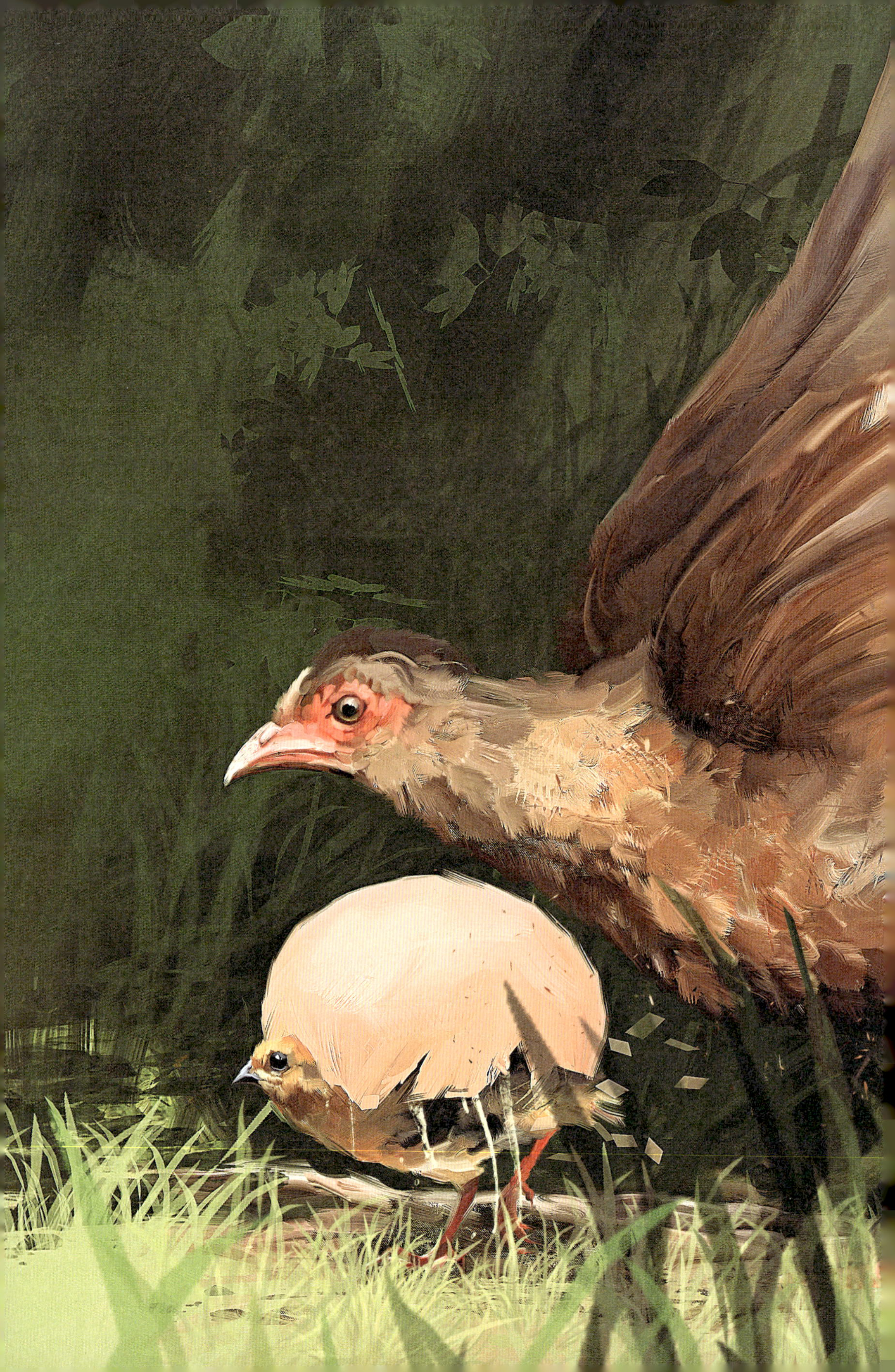

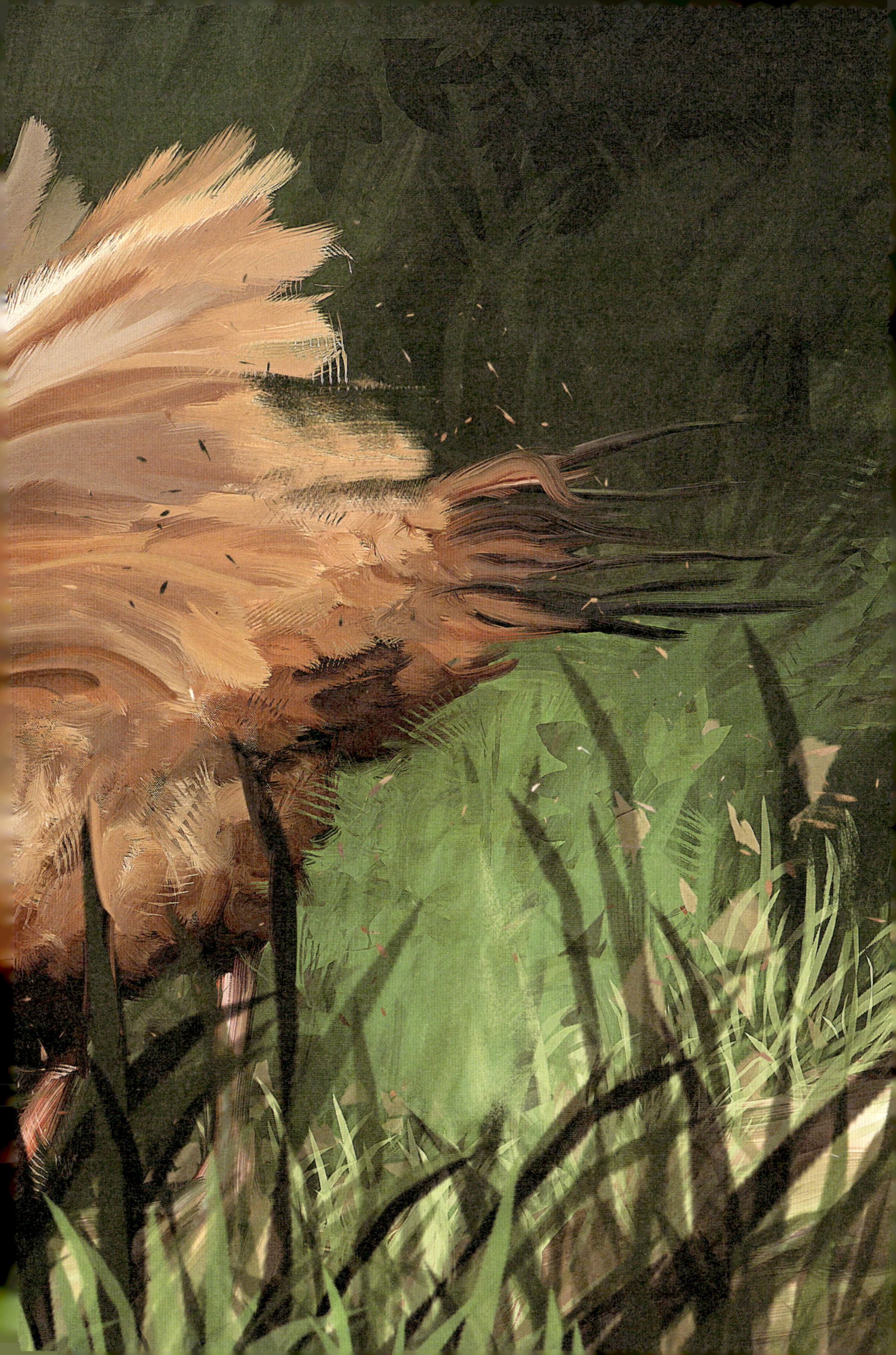

听蛋说话

〔俄罗斯〕尼·斯拉德科夫

夏天的田野感觉真好!四周一片麦浪,沙沙的阵阵作响,悦耳,动听。

忽然,麦浪间传来叽叽、叽叽的尖叫声……

我走过去,拨开麦穗,眼前出现了一篮子蛋。

一篮子蛋是我说说的,其实并没有什么篮子,是麦地里有一个凹坑,凹坑有一窝子蛋。这凹坑很像一只篮子,篮子形窝里排列着好些蛋,我数了数,有12个呢。

这些蛋可真奇妙——蛋们在说话呢,在交谈呢。

当然交谈用的都是小鸟的语言——叽叽,叽叽……

"叽叽!"一个蛋说。

"叽叽——叽叽——叽叽!"另一个蛋应答。

我小心地拾起一个蛋来,搁在耳边听。

"叽叽!"蛋的声音中能听出惊慌来。蛋里的小鸟转动着小脑袋,很想这就从里面破壳而出——随后,就没有声音了。

不用说,这些蛋里都已经有小鸟了!从窝的形状和筑法看,这些蛋是

麦田沙鸡的,这种鸟长得很好看——亮灰亮灰的。沙鸡妈妈走开去了。显然,它不会走远,不过也有一种可能,它永远不会回来了:它走着走着,一只大老鹰从空中哗一下扑下来,把它给抓到了,或是一下把它按倒在地上,挣不脱了。

小鸟们慌乱起来,惊恐万状。它们叽叽叽叽尖叫着。它们预感到要失去妈妈了。

我赶紧把蛋轻轻放回窝里。我思忖着:我该怎样来帮帮这些小鸟?它们出来,多半也活不成了,四周的敌人有多少啊!

我想,我绝不能叫大老鹰把它们给叼走!我拿定主意:回家去拿个篮子来，把这些蛋都拎回家去。这样，我就有十二只小鸟了，通身金黄金黄的，要多可爱有多可爱。我喂它们吃，教它们——让它们比别的鸟都聪明、能干。我会时刻惦挂它们的。

"叽叽！"一只小鸟在蛋壳里不安地叫了一声。

"叽叽——叽叽——叽叽——叽叽！"其他蛋里都骚动起来。

这些鸟娃娃，没有了妈妈，真是怪可怜哪！我得赶快回家去拿只篮子来。

"你们别叫啊——叫得让我揪心！"我大声说，"我马上跑回家拿篮子来，把你们都带回家。"

我越走越快，接着就跑起来，我得赶快回家把篮子拿来。

我紧赶慢赶拿了篮子回到麦子地，发现凹坑里的蛋没有了，就只剩下了一些蛋壳。

麦子地里传来哧嚓哧嚓的走动声。我抬眼望去，一下看见了一只美丽的沙鸡——胸腹那一片马蹄形巧克力色的羽毛，好看极了。沙鸡飞起来，又落在大路上，接着，双翅拖地，飞快地沿大路颠儿颠儿向前跑去。

"我认识你们了，认识了。"我对着沙鸡说，"你这巧克力色的胸腹，我一下就能认出来的！"

这毫无疑问是一只沙鸡妈妈。它们常常会装作逃开，来将人引离它们的窝，让人远离它们的小鸟。

南飞的鸟群

〔俄罗斯〕尼·斯拉德科夫

这是晚秋时候的事。

我们本来是想赶在天黑前到达森林的,结果怎么也赶不到。我们只好在原野上就地歇下脚来。我们依托一根电线杆拉起我们的帐篷。天空上乌云滚滚,暴风雨即将袭来,我们依托电线杆扯帐篷,这样才不会被狂风刮跑。我们刚把帐篷扯好,暴风雨就到了,帐篷的布墙被刮得紧绷绷的。风呜噜呜噜嚣叫不止。我们头顶上的电线也哇哇直响。在光裸裸的原野上遇到暴风雨,真是恐怖极了。

我们四周一片啸鸣声,一片怒号声,一片尖叫声,一片嗥鸣声。

忽然,传来阵阵别样的声音!这声音我们听着很觉奇怪。似乎是有谁在沉重地哮声喘气:喔赫——喔赫——喔赫!而又有谁在怨恨地驱赶着什么:诺——诺——诺!

我冲出帐篷去,想看个究竟。我一下子像是被急流卷进黑漆漆的漩涡中,身子不由自主地转动、碰撞,根本喘不过一口气来。但是我能分辨出那沉重的声音是从空中传来的!那沉重的声音是鸟群在向自己的故乡告别。

写给孩子的动物文学

童猴雅什卡

南飞的鸟群在黑乎乎的夜空叫着,一个叮嘱一个、一个勉励一个:别掉队!别掉队!

一些强有力的大鸟从高空飞过。个头小的鸟种类很多,都唧唧叫着,短小的翅膀显然已经被暴雨打湿,呼唧呼唧的扇动声听起来非常揪心!它们飞得离地面不远。暴风雨驱赶着它们,那样子很像从地面扫卷起来的片片落叶,分不清它们是些什么鸟。在这样的狂风暴雨中飞行,它们的叫声都是震颤的,变异的,不再是平常的叫声了,所以很难辨别清楚这黑夜里飞过的是些什么鸟。

我们的帐篷在暴风雨中哗啦哗啦响了一夜。电线呜呜、呜呜地鸣了一夜。鸟在黑暗中叫了一夜。

第二天早晨,风止雨歇,一切都平静了,天空一片蔚蓝。阳光朗照的地面上什么也看不见。

只见一只小狐狸在电线杆之间跑动。它的动作怪怪的,它边跑边不时地低下头去,跑一小截路鞠一个躬,鞠躬时嘴贴着地。

小狐狸跑到我们跟前,忽然停住!我们看清了它的嘴是大张着的,它一摇一晃,飞也似的,贴着地面跑走了!

它的嘴晃着的时候,我看见一团什么黑色的东西从它嘴的两边冒出来。我走过去一看,看清了,是小个子鸟!这样的鸟在电线杆下还多呢。它们昨晚撞到电线杆上,结果不幸丧生了!

这小狐狸为什么一路跑一路鞠躬,原来是为了叼死鸟吃啊。它每见地上一只死鸟,就一低头一鞠躬。

地上有多少死鸟啊!胸腹黄黄的知更鸟倒毙在枯草丛中,于是枯草丛就一片金色了。鹬鸟与知更鸟不同,它们折断的翅膀高高支棱着。风吹动鹬,像海风吹动一只只的小帆船。

草野间有一个废弃的石炉子。小鸟撞上这样的石头还能活得成吗——唉,看着揪心哪……

南飞的遥远征程上,鸟儿们要碰到多少不测的横祸啊。许多鸟因为黑夜不辨方向而丧生,许多鸟因为失群而毙命。南征的鸟儿在飞行途中,有的落进了狐狸的嘴巴,有的落进了大鹰的利爪,但更多的鸟却继续飞行,直飞到南方。

一定要飞到南方去。

为它们祝福吧——祝它们平安到达南方。

喜 鹊

〔俄罗斯〕尼·斯拉德科夫

森林里会有这样的奇景：蘑菇像涨大水似的疯长！疯长出地的蘑菇，小的只有纽扣那么大，大的呢，像一把小伞。有的一对一对长；有的一丛一丛长；有的成群成群长；有的一帮一帮长；有的排成一横列；有的排成一纵列；有的长成马蹄形；有的长成葫芦串；有的像星星似的满地散布；有的挤成一团；而有的则细似钉头；有的像帽檐似的月牙；有的多层重叠；有的长成阶梯形。

就在蘑菇涨潮的时节，我在森林里边走边看。我的眼睛里此时只有蘑菇，别的什么也看不见。

好的蘑菇当然讨人喜欢，可也有叫人看一眼就心里发毛的。尤其是毒蝇蕈——蚊子都怕挨近它们，飞虫都绕开它们，连爬虫都不从它们旁边爬过。我却大步走进毒蝇蕈丛中。

毒蝇蕈就是毒蝇蕈，连苍蝇都怕，人自然更是退避三舍。所以，毒蝇蕈就长得挺挺的，不用躲避人和动物的眼睛，反正采蘑菇的人不会采它们，野兽不会吃它们，鸟也不来啄食它们。

忽然我发现，有一朵毒蝇蕈明显被鸟啄过！

什么鸟，会蠢到去白白送命？我百思不得其解——这事太不可思议了！这只啄吃毒蝇蕈的鸟这会儿在哪里？森林里很闷热，谁也不到这样的地方来，所以一片死气沉沉。我在毒蝇蕈疯长的地方守候着，倒是要看看是哪种蠢鸟来啄食它们，我决心要弄明白是谁，纵然等一天我也要等——等这个蠢货出现。

说不定能碰上这样的好运气呢。

就让我碰上了！

第二天，还在那片丛林里，突然一点白光一闪。我从树林间隙看过去，看见了一只喜鹊在地面上跳跳蹦蹦。喜鹊跳到毒蝇蕈跟前，攀过一个黑乎乎的毒蝇蕈，从一侧啄进去，就把它撕裂成几块，嚼了几嚼，就吞进了肚。这个天下头号糊涂虫，要中毒了！

可喜鹊什么事也没有，飞上一棵枞树，在那枝头上整理起它的羽毛来，什么事儿都没有。我简直看呆了，它却老拿眼睛瞅我，还从树上给我头上甩枞果似的，一下接一下扔过来尖利的叫声！我走着，它跟着我从一棵树跳到另一棵树，叫得还异常响亮。我等着，想它的叫声会一声弱似一声，叫着叫着就叫不出声来了，最后就从树上跌落下来。可是不，它竟越叫越嘹亮，越叫越来劲。完全没有中毒的迹象，完全没有任何病象发生。倒是相反，毒蝇蕈给它助长了百倍精神，它比过去还更健壮了。

这就正似致命的毒蛇的毒液可以充当药物原料一样。我再没有碰见生命力顽强似喜鹊这样的鸟，再没有见到其他啄食毒蝇蕈这样的剧毒蘑菇可以不中毒的鸟。它的生命力可能是林中动物里最强的。我已经离开森林，

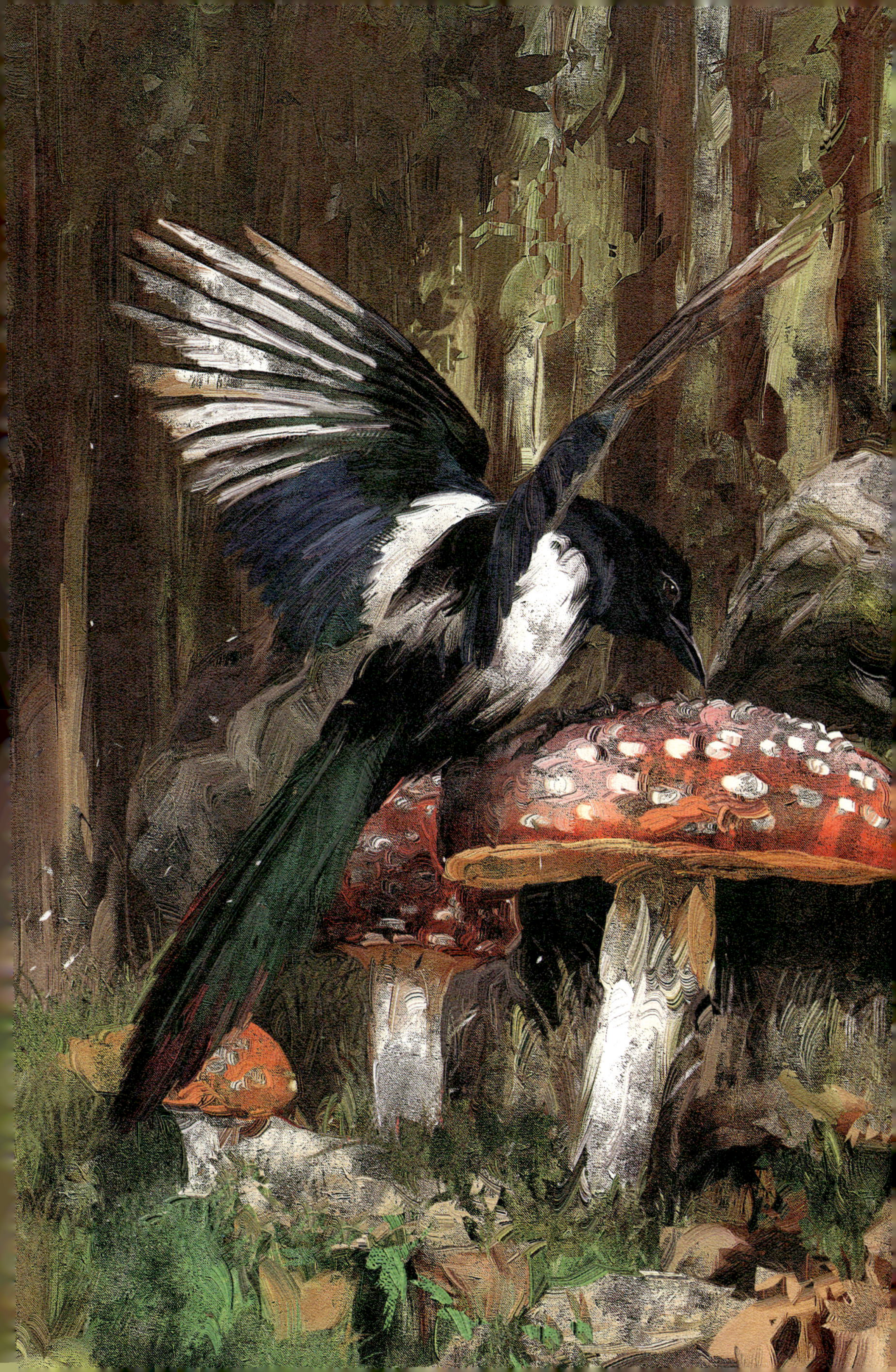

走得离它远远的了，可它还在放声尖叫——恰恰——恰恰恰——恰，不知疲倦地叫——仿佛是毒蝇蕈给它添了神、加了力。

讨人喜欢的寒鸦

〔俄罗斯〕尼·斯拉德科夫

我们家旁边的树林里,有许多野鸟,对这些野鸟我观察得很多,也就知道得很多。我认识一只麻雀,它大概是患了色彩失落症,通身白白的,所以一眼就能从麻雀群中把它认出来:大家都是灰色,就它是白色的。

我认识一只喜鹊。它的厚颜无耻给我留下了特别深的印象。冬天,家家都把水果挂在窗口,它飞来,像强盗打劫似的把它们全啄烂。

有一只寒鸦倒是特别叫我喜欢,就因为它的一举一动看了叫人舒心。

那是暴风雪的日子。

早春常常会有这样的事,好好的丽日绚烂,却忽然寒风凛冽。飞雪在空中疯旋,雪片闪着光亮,斜斜地纷纷扬扬往地面飘落!我们石头房子的墙像一堵堵的山岩,酷寒的雪风从屋顶像是从山岩奔泻下来,像雪瀑泻向地面。满眼的冰挂在寒风中越垂越长,俨然是圣诞老人的白胡须,密密丛丛,晶然发亮。

屋檐下,屋顶上,有一处僻静的地方,有两块墙砖脱落了。正是在这个无人注意到的地方,在墙洞里住着一只寒鸦——一身黑,只脖颈上一圈白,像是围了条白围巾。这只寒鸦,在暴风雪没来时,它常常是边晒太阳边啄吃一块美味的甜点。也算是个很安定很舒适的居所吧。

这样惬意的安居之所,要是我,我是绝对不肯让给别个的。

可是我忽然看见,横刺里飞来另外一只寒鸦,个头比我的寒鸦要小些,颜色也要闷些。那寒鸦在屋檐下蹦跳着,尾巴左右晃动着!它站在我的寒鸦前,看着我的寒鸦。冷风呼呼刮来,把它的羽毛倒吹起来,于是米粒般的雪片就直接打在它的肉身上。

我的寒鸦从各处叼干草来,在屋檐下来回飞了六次,为自己另铺一个窝,主动把自己暖暖和和的窝让给了陌生的客鸟!

客鸟还继续从我的寒鸦嘴里接过干草茎,铺在自己暖和的窝铺上,垫得舒舒服服的。这样一只厚脸皮的陌生寒鸦!我的寒鸦在屋檐下,受风吹被雪打,还没有吃的。米粒雪打进了它被风吹起的羽毛里,可它就这么忍受着,总不把小个子的陌生客鸟赶走。

"一准是,"我猜想,"那小个子陌生客鸟很老了。即使不是它,别的寒鸦也会让的。也许所有的寒鸦都是这样可尊敬的?也难说是,这只客鸟还幼小,再不就是,这只小个子寒鸦在打架中挨打了。"我想来想去总是猜不透……

前些日子,我看见,两只寒鸦,我的寒鸦和那只客鸟,并排站在一个破旧的烟囱上,两只鸟的嘴里都叼着干草茎。

哎嗨,两个在一起共同筑窝呢。

那小个儿寒鸦根本不是累了,也不是被打了。它们现在已经是一对儿了。

我熟悉的这只寒鸦,是母的,而小个子则是公的——原来如此!

公的就公的吧,一对儿就一对儿吧,别个有难处的时候能这样容让,总还是讨人喜欢的吧,我以前还没见过呢。

好，你躲里面吧

〔俄罗斯〕尼·斯拉德科夫

我在树林里大踏步走着。见前面远处一个小山丘上，忽然飞起一只大仙鹤，不知怎么的，它滑稽地把头冲下，一在地面落定，就快快跑进了矮树林里。

我猜想，这该不是一只公鹤，而是一只仙鹤妈妈——那么，那土丘上准有它的一个窝。

我走近土丘，想证实我的猜想。果然，山丘上的丛林深处，有一个用山草铺成的窝，窝里躺着两个布满小麻点的蛋，很大、很精神，如果拿起来搁在手上，就差不多能盖住我手掌了。两个蛋，一个蛋是完整的，另一个上头已经有个小孔，不用说，这小孔是快要孵出来的小鹤鸟从蛋里啄出来的一个小窗口。

我一时不知道该怎么好，就傻愣愣站那儿看着。

忽然，从小窗口探出个长满绒毛的小脑袋来，脖颈细溜溜的，直转着圈儿东张西望。

小仙鹤出生的这个天地，四周撒满阳光，绿油油的青草一片生机蓬勃。

童猴雅什卡

写给孩子的动物文学

"欢迎，欢迎你！"我祝贺刚出生的小仙鹤说，"你为什么偏偏就喜欢我们这个地方呀？"

小仙鹤不停地晃动脑袋，显然，它还知觉不了我站在它身边，也听不懂我欢迎它出生的话。

我向它弯下腰去。我的身影一下挡住了撒在鹤窝上的阳光。这时"咻溜"一下，小仙鹤的脑袋不见了——缩回蛋壳里去了。于是窝里又有了两个圆溜溜的大蛋：一个没有小孔，一个有一眼小洞眼。

"动作真快！"我不由得惊叹说。还没有出世呢，就跟我躲起猫猫来了！好吧，你躲里面吧，我回我的家了！

这时，我回想起来，鹧鸪鸟的蛋也曾是这样的，我寻思："这会儿，准是缩回蛋壳里的小仙鹤正得意地对另一只还在蛋里的小仙鹤说，好在我缩得快！我这么一缩，他不就找不到我了？"瞧瞧，这小不点点的雏鸟，还没从蛋壳出来呢，还没来到世界上呢，玩躲猫猫就玩得这么神了。这小仙鹤的聪明劲可真了不得啊——我得好好向它学学才是！

我举起我带去的小提篮——它本来是要用来装我逮住的小鸟的——远远地扔进了青草丛中。

我自个儿转身回村了，那提篮，小猎犬会替我捡回来的。

小仙鹤会藏猫猫，小狗还不会呢。这不，回家，我得教会它捉迷藏。

乌鸦的信号

〔俄罗斯〕尼·斯拉德科夫

乌鸦对鱼有什么用？

鱼对乌鸦有什么用？

乌鸦和鱼对渔夫都有用。

渔夫让乌鸦守着鱼。人早就知道，不能拿青菜去试山羊的胃口，也不能拿酸奶油去试猫的胃口。而渔夫却拿鱼去试过乌鸦的胃口——乌鸦是特别喜欢吃鱼的。经验丰富的渔夫知道，乌鸦世界和鱼世界各有什么奥秘！乌鸦世界在水上面，鱼世界在水下面，两个世界只隔着薄薄一层冰。渔夫在冰上打开一个窟窿，以便空气通过这一窗口由上面的世界进入下面的世界。

冰下的世界一片阴暗——整个冬天，冰下都是黑乎乎的，又冷，又暗，又闷。冰下的鱼全处在半睡眠状态中，懒得动弹，嘴慢吞吞地一张一合。冰下呼吸很困难，因为鱼把氧气差不多全耗尽了；而新鲜空气又进不到冰下面去。鱼的半休眠状态开始了。那么……谁来守望它们的安全呢？寒冬这么长，冷天有这么多日子，谁来为它们守望——从白天到黑夜，不畏严寒，不怕暴风雪，直守望到冰雪消融？叫渔夫在冰洞口去蹲着，那渔夫不全没命了？

但是得有守望者，不然，鱼这么长时间的休眠，就都得被鸟兽吃光，那到夏天还能有鱼可捕吗？

渔夫机灵着呢！冰下的鱼呼吸一困难，就都蜂拥到冰窟窿的洞口处，从水里探出它们的嘴来，以便呼吸到新鲜空气。这时候，饥饿的乌鸦看有机可乘，立马就呱啦呱啦嚷嚷着从四面八方飞来，飞到冰窟窿的洞口蹲着，准备享用鲜鱼美餐。只要听得成群的乌鸦呱啦呱啦，都麇集到冰窟窿的洞口，渔夫们就晓得事情不妙，立刻抄起铁锹、铁钎、斧头，三步并作两步，奔向洞口去救鱼。渔夫七手八脚把冰窟窿开得足够大、足够宽，让新鲜空

气通过这个大窗口进到冰下，使鱼能呼吸到清新的空气。只要大家齐心，乌鸦的信号一出现，渔夫们即刻齐心上阵救鱼，冰下的鱼就都能保住。

　　乌鸦的眼睛非常尖，它们发出的信号一准错不了。乌鸦的"看守"是绝对可靠的，而且是完全免费的。鱼交给它们去"看守"，百分之百靠得住。让它们守鱼，不会有任何闪失的！

谁在冰下唱歌

〔俄罗斯〕尼·斯拉德科夫

这是冬天里的鸟故事。

我的滑冰鞋会唧唧地唱歌。我在结了冰的湖面上滑冰,一边滑一边唱。我的滑冰鞋唱得很好听,唧唧唧,像鸟儿叫。放眼望去,四周都是雪。鼻孔不住往下淌水,牙齿都冰住了。

森林静静的,湖面静静的。夏秋时节,乡村里爱喔喔叫唤的公鸡,此时也不作声了。只听见我的冰鞋在唧唧地唱!

我冰鞋的歌声,像小河流淌,像泉水注潭,像铃儿摇响。当然不是我的冰鞋真的会唱歌。我的冰鞋是木头做的!是冰下有谁在唱,歌声就从我的脚下传来。

我于是从湖上走开,这时我才弄明白,歌声还是从冰下传来的。冰下传来唧唧的鸟歌声,真是奇妙得不可思议。

我站在湖边,定定地站着,不走开……

我趴下身子去,头侧向黑乎乎的冰窟窿。冬天的湖水水位明显下降了,所以冰层是空悬在水面的,就像是家里的天花板。凡有冰窟窿的地方,就

童猴雅什卡

袅袅冒出白气来。但唱歌的不可能是鱼吧？不可能是鱼唱出来的鸟歌声吧？也不可能是那里有条小河吧？更不可能是水汽生成冰柱时发出来的声音吧？

然而歌确实在唱，唱得很活泼很纯粹。小河也好，鱼儿也好，冰柱也好，都不可能发出这样鲜活而又清脆的歌声。这种声音只可能是从鸟儿歌喉里飘荡出来的……

我拿滑冰鞋敲了一下冰面，歌声立刻就停止了。我静静地站着，歌声又起来了。

我狠狠捶击了一下冰面，立刻，从冰下，从冰窟窿里嘟噜一下飞出一只神奇的鸟儿。它蹲在悬浮的冰块上，向我鞠了三个躬。

"你好，冰下的歌手！"

鸟儿又向我鞠了一躬，开始唱起它在冰下唱的歌。

"我知道你的，"我对它说，"你是水麻雀！"

水麻雀没有回答我的话，它只管躬身子，还不住地点头。它重又钻入了冰下，从冰下向我传来它响亮的歌声。在冰下，那里冬天不冬天都一样，冰下既没有冷风吹刮，也没有严寒刺骨，也没有鹰隼来袭。冰下只有黑乎乎的水和神秘莫测的幽蓝。在冰下，如果歌声响亮的话，那么就会产生很大的共鸣，回声会在冰柱间被加强成为震耳的轰响。有这样歌唱效果，水麻雀还能不尽情地唱吗？

这样神奇的歌声，我们还能不抓紧机会好好欣赏欣赏吗？

鸟界的岗哨

〔俄罗斯〕尼·斯拉德科夫

秋天,一只灰鹭飞到我们的小河来。我想逮住它,只是每次下手都晚了一步。

灰鹭的腿长长的,脖颈也长长的。它高高地矗在那里,黄色的眼睛神情专注地看着四周,所以谁要想去逮它,它能一下子就发现了。白天,谁都逃不过它的眼睛。

一次,我决意在夜间去试试运气。

我这么想:我傍晚那会儿就去侦探好灰鹭在哪片沙滩上过夜,夜里再摸过去,一举捉住它。

一到黄昏,我就去躺卧在凸起的沙滩上,从高处向下俯望。

小河的流水在晚霞映照下艳艳的,红得鲜丽,暗蓝色的薄雾在河面轻轻荡漾。小河中央的沙滩,这像黑楔子一样打入河心的沙滩,此时也变得艳红了。那楔子尖头上的一个灰点,就是鹭了。

白天,在这么一片手掌般一无遮拦的地面,人是不用想潜近灰鹭的。可黑夜里就能行。在沙滩上爬行一点声响也没有,也不会爬迷路了。因为

童猴雅什卡

左边和右边都是水。我很顺利地爬近了灰鹭。

太阳完全落进了森林。河水也就变得灰暗了。渐渐地,周围凉了下来,甚至还觉得凉飕飕的。

我等着,瞧最早出现的星星在天空显出来了:一颗、两颗、三颗……唔,我的时间到了。

在悄无声息中，我爬近了沙滩近水处的芦苇丛。

寂静。只听得河水在陡岸下方低声儿呢喃，只听见我自己的心跳。

稍一动弹，干枯的芦叶就在我的脚下发出窸窣声！我僵立在那里，还好，还不碍事。只听见水马在芦苇叶子里蹿动的声音。鹬鸟听见水马匆促蹿动声，就在沙滩上发出了尖细的鸣叫。再向前走，就听到一只公野鸭叫了一声，接着就归于沉寂。

我蹑手蹑脚地前行，虽然声音很轻很小，但还是能听见。

这沙滩越往前走就越窄。左侧的河水和右侧的河水都变得越来越响。传来一阵呼呼声，听不清这是风鸣声还是鸟翅膀的扇动声。

停！我已经走到楔子形的沙滩尖端上了，却没有见到灰鹭！

我用手电一照：先是看见了三趾竹叶形的脚印，两个白点，接着看见了灰色羽毛——原来它在这里！

我在沙滩上走动。灰鹭看不见我。夜里一片漆黑，睁大眼也什么都看不见。我在沙滩上无声地走近它，它也听不见。沙滩上，我的脚步声小，鹭倒是听不见，但我的长筒靴一踩到芦苇叶子上，就发出嚓嚓声。我离鹭鸶还有几百公尺远呢。莫非这么远的距离，灰鹭会听见？

芦叶……这芦叶的响声鹭会警觉吗？灰鹭正在倾听别的什么！

芦叶有响动，就一定有什么敌人在向它挨近了！水马在芦苇丛中听到芦叶的响动。鹬鸟一听到水马叫，就立刻随着尖叫起来：敌人！野鸭听见鹬鸟叫，也就大声叫起来。野鸭嘎嘎声很响，灰鹭听到了。所有野禽都警觉起来，紧张起来。

我离它们还远哪，可我的动静它们都知道。它们都没有睡觉，都在守

童猴雅什卡

望着,都在注视着,都在倾听着四周的动静。

鹬鸟扑腾起翅膀来,紧随其后,野鸭就伸直了脖子。它们发出警告:敌人正在靠近!野鸭从原来的地方飞跑开了,灰鹭也做好起飞的准备,接着就飞走了。

这就是说,我一踏进了芦苇荡,就是踏进了鸟们的岗哨圈!

聪明的鸟啊,它们睡觉时也在周围布满了警卫。鸟的梦也有不少守望者哩。

干芦叶的动静惊扰了水马鸟,水马鸟的叫声惊扰了水鹬,水鹬的叫声又惊扰了野鸭。而灰鹭就睡在野鸭群当中。我想要出其不意逮灰鹭,这不难于上青天吗?

鸟们有一套让自己免于侵害的体系:它们的叫声为的是自己能脱险,而结果是大家都受益。

我本来是想为动物博物馆逮只灰鹭的,却不料鸟哨兵们远比我聪明。

新 声

〔俄罗斯〕尼·斯拉德科夫

海鸥的窝里躺着三枚蛋。两枚什么动静也没有,一枚已经在窸窣窸窣地轻微作响了——第三枚里的小鸟急着要出来,甚至叽叽叫唤了!蛋在滚来滚去。这蛋,让它自己滚来滚去,会像小圆面包那样,滚出窝去的!

小鸟在蛋里闹腾着,闹腾着,咔嚓轻轻一声响,小海鸥从一枚蛋的凹洞里挣出来。它的小嘴就从凹洞伸到小窗口外面。

由于惊奇,它张大着嘴。自然这时候,它一下闻到了清新空气,看见了阳光!它嘶哑的喉咙吱吱、吱吱高声啼鸣着。小海鸥在它还很陌生的暖窝里不停地扭动着,转过来转过去。它忽然明白过来,它的小嘴也许用不着这么早就伸到安乐世界的外面去吧?

太阳暖暖地照耀着。小海鸥渐渐习惯了强光的照射。青青的草茎在风中摇晃,亮闪闪的海浪不慌不忙地拍打着海岸。

小海鸥的细腿支撑起它的身子,摇摇晃晃站起身来,头碰到了窝的天花板。它使劲一挤,就把蛋壳挤碎了。小海鸥害怕极了,它用出吃奶的力气大声叫着:"妈妈!"

童猴雅什卡

这样,我们的世界里又多了一只海鸥。在鸟儿的多声部鸣唱中,从此增加了一个响亮的新声。当然,它的叫声现在还很小很轻,几乎不比蚊子的叫声大,但它会越叫越大声的,叫得让大家都听见。

小海鸥用颤抖的细腿站起来,两只长着绒绒细毛的翅膀无声地扑腾着,勇敢地向前迈出了一大步:哦,水,满眼是水!

它能不能侥幸不被梭鱼吃掉呢?它会不会成为从高空袭来的猛禽的猎物?

它的妈妈张开长长的翅膀,像两只大手为它遮风挡雨。妈妈不让谁来袭猎它的孩子。

小海鸥现在当然还是个小绒球,但是它终将滚进生活中去,大声鸣叫着,穿飞在险风恶浪中。

"给我!给我!给我!"

〔俄罗斯〕尼·斯拉德科夫

柳莺妈妈的嘴又短又小,只能衔得住草蚊子之类的小昆虫。它一次叼不了很多。柳莺的小雏儿却有五只。每个小东西都把嘴张得大大的,简直像五只张开的口袋!父母怎么喂,它们就是吃不饱。一只蚊蝇喂给一只小柳莺吧,其他四只就白张嘴了。一只蚊蝇分五份呢,五只都得挨饿。它们总是把嘴张得大大的,争先嚷嚷:"给我!给我!给我!"

柳莺妈妈想了个巧办法。蚊蝇只给一只小柳莺,接着给每张嘴里都喂一喂,就像是给婴儿吃空奶嘴似的!它就用这个办法解决了一对五的难题:一个小东西吃蚊蝇,四只吃空奶嘴!

不久,小柳莺开始长羽毛了,差不多都能跳几下了,但都还不太会跳!并且,待在窝底里究竟要暖和得多,舒服得多,父母又少不得会给送吃的来。而跳到湿冷湿冷的窝边儿枯枝上,它们还不知道该怎样站稳身子呢。

"什么时候是个头啊!"柳莺妈妈失去耐心,它生气了。

说完这句话生气的话,柳莺妈妈就自己飞走了。

当然,这"什么时候是个头啊"是我替柳莺妈妈说的。柳莺妈妈实际

童猴雅什卡

上只是大叫了一声,这一声鸟语到底该怎么翻译成人话,其实我也不知道。不过柳莺妈妈回来,看小家伙们还赖在窝里,它就真的一只接一只地把它们统统挤到窝边枯枝上去,随后唧唧叫了几声,就自己飞开了。

起先,小东西们还挺开心的,谁也没有担心什么。但是很快大家就都饿了,于是五只小柳莺就齐声叫嚷起来:"谁来喂我们吃呀?"

窝的四周倒是时不时会飞来苍蝇什么的,小柳莺把脖子向苍蝇伸过去。然而苍蝇不会自己飞进小柳莺嘴里。蝴蝶也扇动翅膀翩翩飞过柳莺窝边,扁豆也长到窝边上来。可小柳莺只会可怜巴巴地哀求:"给点儿吃的好不好?给点儿吧!"然而,这样的哀求一点用处也没有。

小柳莺于是你问我,我问你——咱们可该怎么办呀?它们个个都把嘴张到耳朵根,叫声都哆哆嗦嗦的了。

正当它们乞求无门的时候,柳莺妈妈回来了,嘴里叼来了一条青虫——肥肥的,像一根绿色的糖棍。柳莺妈妈还来不及吱声,小家伙们就从窝边踮起脚来,跳起来,个个争先迎着妈妈的嘴,也管不着窝边有多么湿冷了:"给我!给我!给我!"

柳莺妈妈只得耐心地一遍一遍地教孩子逮虫子。一定得教会它们自己喂饱自己,要不然,柳莺妈妈只有一个,它一次只能叼回来一条青虫,可孩子有五个,五张嘴都张着向它要吃的!

太阳落山的时候,柳莺一家子一个紧挨着一个,一排站在一根树枝上,肚子都饱饱的,都很有精神,连空奶嘴也用不着了!

长翅膀的歌声

〔俄罗斯〕尼·斯拉德科夫

　　初春的阳光照射得人眼睛都睁不开。在明媚的春光里，从南方向北方飘过来鸟儿们一阵响似一阵的歌声。北归的鸟，有的是孤飞的，有的是群飞的。它们飞在高空，所以谁也看不见它们的身影，只听见它们从空中向地面撒落的歌声。春阳照射下的森林，冬天冰雪遮掩下的一切都渐渐呈露了出来，山雀在啄吃冻僵的昆虫。到处都可以听到鸟儿在边飞边叫，山雀在顺着树干往上跳，从这根树枝跳到那根树枝，越跳越高，像是在沿螺旋形的楼梯一级一级往上跳，最后跳到枞树的梢尖，再往上跳就是蓝天了。云端传来的歌声看不到，却可以听见！

　　歌声在飞翔，一支歌接着一支歌，越唱越好听的鸟歌像是春阳沐浴下的小溪在天空悠悠地流淌。

　　秋季鸟儿飞离森林的时候，都是悄然无声的，消逝了也就消逝了。要是有鸣叫声，那鸣叫声也都是带着离别的忧伤，深情而苍茫。可春天的歌声就不同了，一支赛一支的高亢嘹亮。从那歌声里能听出来，它们是恨不得立刻就飞回到自己的家。看不到它们的身影，但是从歌声中就能辨别出

写给孩子的动物文学

童猴雅什卡

它们都是些什么鸟。听,那是鹡鸰鸟;听,那是知更鸟;而这只边飞边叫的准是云雀——这鸣叫着飞翔的,是最能拨动人心弦的鸟!

哦,这是田凫。谁都晓得它的叫声"呜——佛!库佛克",每每都拖得很长很长。但田凫究竟是飞在哪片云空里,谁也看不见,人只可闻其声不能见其形。正是俗话说的,田凫的歌声已经赶在主人前头,抢先回家了。说得不错啊。

白头翁在农人的犁沟间一面跳着找地里翻出来的虫子,一面大声叫唤。那叫声几乎跟田凫没有两样——"呜——佛!呜——佛!"但是,听得出来,田凫是在长途飞行中累坏了,所以叫声往往是有气无力的,自然比不上在故乡越冬的白头翁叫得有精神。

春天唱着歌匆匆赶回大地来。

春天的歌是北归的飞鸟用翅膀驮来的。

春天的歌

〔俄罗斯〕尼·斯拉德科夫

夜晚是如此静谧又如此清纯。低洼处的小河淙淙流淌,白杨树在黑暗中沉睡。不过这黑黝黝的枞树,这体躯魁伟的壮士,高高地矗立在森林之上,仿佛是正伸手去攀摘它头顶上那白亮白亮的星星。

斑鸫鸟的尖声哨音越来越高、越来越响。在森林里听惯了鸟歌的耳朵,能一下就分辨出这就是它,是它唱的歌!一准是的,是它,是这林中歌手的歌声!它欣欣然、悠悠然展开它那双黑色的翅膀,不慌不忙地扇动,它飞得异常平稳,像一条黑乎乎的线缕飘荡在那绿莹莹的天空。

山鹬!

在森林上空,鹬不是随便飞,不是飞到哪里算哪里,它只沿着它飞惯了的空中路径飞。它忽而像蝙蝠似的,边飞边吱吱唧唧叫唤,忽而像青蛙似的,咕呱咕呱闷声闷气地叫嚷。这两种歌声都显得十分急骤。像家庭主妇们喜欢听到蟋蟀安详的歌声那样,考察大自然的人们希望听到雷鸟或山鹬这种急骤的歌声。

这是春天来临的征兆!

童猴雅什卡

因为山鹬是新一年春天的使者。是它，每年用它的翅膀在深绿的夜空为春天画出一道直接的路径。山鹬从窝里飞出来，意味着森林的春天即将来临！

山鹬的歌唱是难得听到的。我们的录音机要捕捉到它的歌声，就不能边跑边录，而是要把录音机隐蔽在空中鸟路的下方。我们不能因为看见山鹬就高兴得忘乎所以，不能因欢呼而高高抛起我们的帽子。山鹬看见往上抛去的帽子，就会改变飞行方向，绕开我们。

我们把篝火灭了，轻手轻脚地走到几株白桦树下。这白桦树的上方就是山鹬必经的一条鸟路。我们在这里等着捕捉它的歌声。第一只山鹬飞过去了；第二只山鹬看见我们抛起的帽子，就不再向前直飞，而且立刻停止鸣叫，在夜空中默默绕开了我们。

山鹬一只接一只飞来。

第三只山鹬接着向我们飞来。我的手指摸住了录音机的按钮，准备好……就在这时，我的伙伴一高兴，要向空中抛帽子！我赶忙制止他——干吗在山鹬即将飞到我们头顶的时候抛帽子？但是晚了——山鹬来了个急转弯，朝另一方向飞去，很快消逝在夜空中。

我们旗开却没有得胜。第一次努力我们失手了。我没有录到山鹬的歌声，损失了一个机会，我的伙伴损失了一顶帽子——帽子落进了小河，让流水淌走了。

忽然间，我们又听见，歌声又回来了。歌声在我们灭掉的篝火上空旋绕。风又把我们的篝火给吹燃了，带着泼泼声往上蹿动的火焰，撕破了沉沉夜色，把火星子喷散到空中去。

考察大自然的人都知道，光可以引来各种各样的野兽、野禽和昆虫。夜蝴蝶向我们的篝火飞来；蝙蝠们在火光四周飞闯；据说，白鹇鸪也会向火光飞来；显然，山鹬也是抗拒不了火光的诱惑，而对着篝火飞来的。它绕着火光，边飞边唱！

我抓紧时机，迅速按下了录音机的按钮。

我们一动不动站着。但是篝火渐渐熄灭了，山鹬也就飞走了。这时我们都一下傻了眼：我们搁在篝火边的保暖衣物统统都不见了！

我们找了好久，都没找到我们的保暖衣物……万急中，我们一下醒悟过来，明白了这火为什么陡然又向上蹿起来了！看！我们野地考察随身带着的大背囊，只剩下了一条拉链，夹克衫只剩下了几颗纽扣，可就不明白，这夹克衫的领子为什么没有被烧掉。我们带进森林的东西，现在只剩下了一只装口缸的袋子。我们把口缸取出来，往里装进了我们收录着山鹬歌声的录音机。

我们只好在熄灭的篝火边等待天明了！

天亮了。我们的脸糊满了火烟子，我们的背却被春寒冻僵了。我们一会儿看看篝火，一会儿看看被朝霞染得殷红的森林。

一到春天，夜就短多了。不管怎么说，天一亮，我们就轻松多了。我们没有欢笑，也没有忧伤；一身疲惫，腰酸背痛，可也好赖总算走出森林，回到了家。

我们录下了山鹬的歌声。这样，什么时候想听山鹬的歌声，拿出录音机就行了。不过我们还是想去听山鹬更多的新歌，所以我们又急吼吼地赶着进了森林。要知道，只听录音机里那山鹬的歌声，那么我们听到的就跟

童猴雅什卡

听青蛙鼓噪的咕呱声、听蝙蝠唧唧的鸣叫声，也没有多大的不同了。因此还得进到森林里去，一边看沉浸在夜色中的白杨树，看枞树黑漆漆的魁硕身影——它们的树梢高高地直吻夜空的繁星——一边听山鹬的歌唱，这才有情有景，有滋有味。像火光吸引夜游动物一样，我们总是被山鹬们的歌声吸引着——只有这歌声，能让我们感受到春天来临的快乐。

在黑暗中，我们眼看着森林的夜景，耳听着山鹬边飞边唱的歌，心神就不知不觉陶醉了！瞧，山鹬飞来了，深绿色的天幕上，映着它们飞翔的身影。这林中的鹬鸟，当看到它们透着淡淡忧伤的眼睛时，我们不能不感到一种莫名的惊奇。

我们的目光追踪山鹬的时候，我们的魂魄简直就同它们一起飞去……冥冥中，我们看到我们的背囊和保暖衣物从火堆旁飘浮起来，也随山鹬们翩翩飞向了远方。

隐身的小鸟

〔俄罗斯〕尼·斯拉德科夫

"这些小鸟强壮着呢,它们不是我要寻找的小鸟!"我心里想,"那边树林里,准会找到需要我帮助的小鸟——那些无家可归的孤鸟,它们没有人的帮助可能就没有命了。我去找,一定会找到的。"

这么想着,我走进了树林。

倒伏的枯枞树里常常蚂蚁成堆,松鸡就爱在这里吃爬动的蚂蚁。那从下面飞起来的通身油光发亮的身影,就该是松鸡妈妈了。枯朽的枞树四周,到处都是刚长出绒毛的小松鸡,它们摇摇晃晃地跑动着。这些松鸡幼雏还没长翅羽,所以都只会跑,不会飞。

我放眼望去,松鸡孤雏这么多,我该逮哪只呢?我摘帽子一下去扣这只,一下去扣那一只,接着去扣第三只,结果全都让它们溜了,一只也没能逮住!

小松鸡们只只都像是有隐身术似的,弹指间,都没了踪影。

"得,"我寻思,"你们逃得这么快,算你们有本事!"我从地上捡起我的帽子。

当我捡起帽子,我看见有两只小松鸡并排躺在帽子下面。

童猴雅什卡

它们紧贴地面蹲伏着,两双看我的小眼睛眯缝着,仿佛它们真的是有隐身术似的。

我把两只小家伙撮到了我的手心,想:"其他的那些,我可怎么找到它们?得,我把这两个小家伙放了,那样它们就会跑到它们的伙伴那里去,这样,其他的小松鸡就都一下暴露在我眼前了。"

我先放掉一只。它迈开它的小脚,嚓嚓嚓,眨眼间跑开了,它把身躯贴向地面,随后钻到了一张枯叶底下,好像是它不曾被我逮住过!我要是不去掀开那片枯叶,那么我就不知道它躲哪儿去了。这样,我想用放开它的办法找到其他小松鸡的主意就落空了。

我把第二只也放了。我想:"这只,它总能让我找到另外那些小松鸡吧?"

却不料,我才把它放到地面,它就连踪影都不见了:是躲到土疙瘩下边去了呢,还是躲到树叶下面去了?不知道!

我于是一下想明白了:那些小松鸡不是躲到了哪块土疙瘩下面,就是躲到了哪片树叶下面。它们绒毛的颜色跟土疙瘩、树叶很相近,对它们起着保护作用。事情显然不是它们有隐身术,而是因为它们个个都披着保护色外衣。

我该怎么办?土疙瘩这里到处都是,树叶这里满地都是!我能去把每块土疙瘩、每片树叶都翻过来看看吗?我这还怎么走动呢?我一迈步,我的靴子可能就会踩到小松鸡的啊……我连动弹都不能够了!

我就在一个树桩上坐下,一时无法可想了。我轻轻跪在地面,然后用手指轻轻翻揭我面前的树叶,翻一张,看一看,翻一张,看一看,看翻开

的叶子下面有没有小松鸡躲着。

面前的都翻看过，我才又向前挪动了一下，又用手掌轻轻摸一阵，轻轻按一阵。

我就这么爬呀，摸呀，按呀，好不容易才从枞树林里爬出来。

潜水小把式

〔俄罗斯〕尼·斯拉德科夫

田野里的小鸟和树林里的小鸟，没有我的帮助，它们都能活得好好的，都能自己长大。那么我到湖边去看看，那里，悬崖底下的树林里往往有鸟去做窝，春夏时节，有鸟窝就会有小鸟。那里的小鸟也许需要我的帮助。

我下到山崖底脚，那里有一潭水，水里有岩墩，岩墩上往往有凤头䴙䴘在那里做窝。这种水鸟有点像鸭子，波纹状的羽毛褐红黑红的，很好看。我找到了一个凤头䴙䴘的窝，可窝里只见几个空蛋壳和一只小鸟。

小鸟一身柔细的绒毛，不会站也不会蹲，脖子冲前方伸着，两只脚无助地划动着。

我伸过两个手指把它翻动了一下。小家伙立刻两脚一使劲，想翻过身。它还真的翻动了，不过这一翻动，就滚到了窝边，扑通一下落进了水里，就像是一个小石块落进水里一样。

我赶忙扒开青草，用手挡住潭水反到我脸上的强光，往水底看。

小鸟的嘴一头插进了水草，动弹不得了。

我把手伸到潭水水底，想把小䴙䴘给救上来。可它却自己从水草里拔出小嘴来，一腾跃，摆脱了水草，在水下游动起来，脚掌上的蹼前后划动。我简直觉得自己是在梦幻中：小鸟怎么能在水中飞动呢？

这时，我看清楚，原来䴘䴘一家都在水下，䴘䴘妈妈和几只小鸟——个子一只比一只小！

"这凤头䴘䴘，"我想，"幼嫩是幼嫩，小是小！可照样，游泳游得呱呱叫，不折不扣是一个潜水把式。是啊，它不会走，不会站，而游水、扎猛子它却会！不信你来看这只小小䴘䴘！"

我眼看着凤头䴘䴘一家，由䴘䴘妈妈率领着，钻进了稠密的水草丛中，就再也看不见了。

隐而不见的鸟

〔俄罗斯〕尼·斯拉德科夫

"听是听说过,可从来没有见过。"

三天两头进森林去的人这样说起它,说起这种鸟。

这种鸟是捕鸟场的守望鸟。它的叫声把雷鸟都召唤到捕鸟场来。一听见它叫,雷鸟们立即苏醒过来,唱起来,从四面八方飞过来。

森林考察队的人都听说过它,说它是一种个头很小的鸟,但谁也没见过。怎么样,试试到森林的黑夜里去会会它!

这不,我们来到了雷鸟汇集场上。

我们背靠在暖和的松树脚坐着。我们的脚伸进了干枯的苔藓里。松树一边不停地把它的针叶撒下来,一边轻轻摇晃着,像是均匀地呼吸。在森林里坐着,总觉得时间被拖延得很长。我们只好用心跳的次数来计算时间。这难耐的寂静啊,似乎永无尽头了!

不过总算听见了声音,它越传越响,越传越近,瞧,这像海涛般宏阔的声音此刻已经在我们头顶上滚动了,冰凉的水花泼洒到了我们脸上——这是风……

接着又是久久难耐的沉寂。

当我们忘了数我们的心跳,当我们背后的松树停止了呼吸,忽然传来了轻缓的唧唧声——就是它了!就是我们要找的隐而不见的鸟了!

这说明,夜的寂静已经被这唧唧的鸟鸣声打破了,难耐的时间终于挨到了天明。这看不见的鸟又唧唧啼啭了。我们赶快用麻木的手指按下录音机的按钮,及时捕捉住这神秘鸟儿的鸣叫声——这把夜打碎的鸟鸣声。对于一般人来说,这样的片刻时间完全不足道,但对于我们就很重要。这鸟叫声传来的时刻,森林就长长地舒了一口气。压抑了一夜的森林里,再没有了夜的沉寂。

松树苏醒了,它轻轻拍了拍我们的背。不知是谁用木棒叩击着松树,笃笃有声。随后,笃笃声就不断传来……

这是鸟聚会会场的主角睡醒了。这是雷鸟在歌唱。几十年乃至上百年来,一代又一代的鸟在森林里繁衍,可为什么只有这雷鸟——这通身黑魆魆的歌手一到春天就从森林的四面八方麇集到这里,在天还没有大亮的时候就来到这里一展歌喉?

同样不可思议的是,几十年乃至上百年来,一代又一代的鸟在森林里繁衍,又为什么只有隐而不见的小鸟能把雷鸟从森林四面八方召唤到这个聚会场?

刚刚被唤醒的雷鸟们一唱起来,随即其他的鸟就都接着,叽叽喳喳唱了起来。这不,山鹬一只接一只地飞来了。我们看不见它们的身影,只听见它们在空中飞行的唿唿声。在苔藓丛生的地方,一只山鹦鹉猞猞然像小狗似的叫着。在远处,松鸡群咯咯、咯咯啼鸣起来。松鸡的啼鸣是很特别的、

童猴雅什卡

很怪异的,听它们的啼鸣声,得用我们的整个身心。

小小的鸟儿在松树树枝间飞来飞去;我们想要会面的神秘鸟儿,一会儿在这里出现,一会儿在那里出现。绿得发黑的松树从灰蒙蒙的夜色中渐渐显露出来。天大亮以后,我们把录音机接上电源,准备收录神秘鸟儿的歌声。秘而不现的小鸟的歌声先是从灿烂的晨光中传来。这样一来,小鸟就再也不是神秘而不可见的禽鸟了。

不停飞动的小山雀飞到了我们的录音机旁,侧斜着它的小眼睛,瞅着我们的录音机,对它大放起歌喉来!它把翅膀打开,对着录音机叫:唧唧唧,录吧,唧唧唧,录吧!

对我们热衷的事,小山雀还挺乐于帮忙的。

但是我们的录音键还没有按下呢!瞧这雷鸟聚会场的忠实守望者,这隐而不见的小鸟,就这样突然间来到了我们的眼前,我们一下措手不及,甚至来不及按下录音键,也就没能录下我们期盼已久的歌声!

小山雀白白帮忙了!

坏了嗓子的杜鹃鸟

〔俄罗斯〕尼·斯拉德科夫

五月初的俄罗斯乍暖还寒。

稠梨花开了。每逢稠梨开花时，就总有倒春寒。森林里还不见团团晨雾升起，浓霜在林间空地上结成了冰。天空灰蒙蒙的，看不出什么时候算白天，因为天一会儿是蓝的，又一会儿是灰的。

森林里一片沉寂。有一只杜鹃鸟在"咕咕、咕咕"不停地叫。别的鸟都不作声，怕弄不好就会坏了自己的嗓子，感冒了，沙哑了，唱不成歌了。然而杜鹃却一边吃力地喘气，一边坚持着唱。声音听起来都已经有些异样了，像是吹着桦树皮哨子，有些破碎感了。

杜鹃鸟依旧不停地叫啊，叫啊——"咕咕、咕咕！"

该停停了，可是它还在声声啼叫，无休无止。

到了傍晚时分，还听见它在叫——它的声音已经明显沙哑了，叫的已经不再是"咕咕"了，而是"咳喔、咳喔"了——不用说，杜鹃鸟的喉咙受了风寒了！

许多人都听到过杜鹃鸟"咳喔、咳喔"的沙哑叫声。有的人说这是杜

童猴雅什卡

鹃鸟把嗓子叫破了——谁能这样从朝霞升起叫到晚霞落尽，夜里还接着叫！也有人说这是被麦穗哽住了。但是五月的俄罗斯有麦穗吗？

这是因为稠梨花开时节的倒春寒，让杜鹃感冒了，坏了嗓子，沙哑了。

反正说法不一。关于倒春寒也说法不一。有的说稠梨花开时节必然倒春寒，有的说是因为阿尔提克河的冰化了，冰水裹着冰块往下游流淌，给下游带来寒气，温度骤降。

反正这倒春寒的天气一来，够杜鹃鸟受的了！

阿尔提克河离这里着实远呢，那远方的冰块一动，我们这里的杜鹃鸟就得感冒，就得坏嗓子——啊呀，这也就是老百姓说的：你那里打个喷嚏，我这里就感冒了！

转来转去的燕雀

〔俄罗斯〕尼·斯拉德科夫

森林里有一只燕雀。它个儿小,擅长旋转,很能隐蔽自己。

一到春天,燕雀就爱出来做旋转表演。它喜欢蹲在枞树的树梢上唱歌。它的嗓门能扯得非常高,唱起歌来非常响亮。它的喉咙很大,而且高高耸凸起来,嘴张得大大的,唱歌的时候,能看见它的舌头在频频颤动。

我们走到它跟前,把录音机对着它。燕雀对我们录它的音不见怪,说明它还没有见识过我们的这种玩意儿。但它总是拿尾巴朝向我们!它旋转身子拿尾巴对我们时不妨碍它唱歌,只是偶尔把头扭过来看看我们。

我们在枞树周围大步走动,把录音机端到燕雀面前。它又转动起身子,拿尾巴来对着我们!我们又绕着枞树走,走到它对面去录音。

我们清楚地看见了它的嘴,可当我们举起录音机录它的音时,嗨,它又转身拿尾巴对我们了!

燕雀不住声地唱着。它不飞开,但还是那样,你只要对着它的嘴录音,它就转身把尾巴朝向你。可对着它的尾巴,我们怎么录音呢?

我们就这样陀螺似的绕着枞树转圈,转了一圈又一圈。我们的头都转

晕了，腿都转酸了，可就是不能对准它的喙录音。它总是拿尾巴来对我们，只让我们看它的尾巴！

我的伙伴失去了耐心："你自己转吧，我的眼睛已经发眩了。"

他说完，一屁股坐到了一个树桩上。

后来，我和同伴拉开距离。现在不是我们转了，而是燕雀转！当燕雀拿屁股转向我时，我的同伙就把身子隐在它对面录；要是它转身把尾巴对他，我就对着它的嘴录。于是它就飞走了！

可是它飞得不远。这枞树它蹲着舒适。枞树的十字形树枝特别适宜于它蹲着唱歌。在枞树上，在和煦春阳的温暖中，它唱得格外舒心。它的表演也得抓紧在这样舒爽的日子里赶快进行！它转啊转啊，终于把嘴朝向了我。好了，我成功地录下了它的歌声！

彼此相帮

〔俄罗斯〕尼·斯拉德科夫

　　山雀是最唠叨的鸟。它叫起来就会一声连一声地叫个不停，一直叽叽喳喳叫下去。这情形很像是娃娃们在林中采摘红莓果，他们彼此呼应，还大声唱歌，这样在林子采摘果子才不会感到寂寞，而且不会采漏了。于是，谁发现了一处红莓果多的地方，就把大家都叫过去采摘。

　　山雀也是这样。它们发现了一棵毛毛虫多的树，或找到树皮上有很多甲壳虫，就立即把其他的鸟统统都叫过去。这样一来，我们就轻而易举地录到了它们叫自己的同类来一起吃虫的呼喊声。

　　你们可知道，我们把鸟儿的这喊声录下来做什么用吗？

　　我们是想试验试验，一旦发现果园里有毛毛虫和甲壳虫，我们就通过扩音器播放鸟儿呼唤同类的录音。我们的录音机里于是发出了山雀们叽叽喳喳的叫声："来这里呀！都到这里来捉虫吃哟！够我们吃的——怎么吃都够！"山雀听见这叫声，就会从四面八方飞来——谁会拒绝丰盛的餐宴呢？它们一飞来，就把我们果园里的虫子捉尽、吃光。山雀们还对我们的宴请感激不尽，连声说谢谢、谢谢。我们自然是感激它们给我们帮了大忙。

陌生的叫声

〔俄罗斯〕尼·斯拉德科夫

中午时分,天正热得难受,鸟儿们都去躲阴凉了。我也去一棵大树底下站着。

万山丛中一片沉寂。忽然间,我听见森林边上的一片丛林里,有一只鸟惊慌地"叽叽"大叫。

"叽叽,叽叽",就在同一个地方叫。

我走近去看,只见如树篱那么丛密的矮树上,一只红胸脯小知更鸟在那里蹦跳。这鸟的模样我很熟悉的,可这叫法我还是头一次听见。而且,所有的鸟都去躲热去乘凉了,都噤声了,偏偏就这小鸟,在不该叫的时候叽叽、叽叽叫得让人心慌。小知更鸟总在同一个地方蹦跳,像是身子被什么缠住了似的;并且,这叫声是这样惊惶,这样恐怖,听来是这样让人揪心。忽然,它一声绝望的大叫后,从树上摔了下来,就再听不到它的叫声了。

我走进矮树林,却并没有见有鸟飞出来。我摇了摇树枝,这时,我看见——一条蛇!蛇嘴里死死咬着一只知更鸟。我拿枪托猛劲儿压住蛇,然后抓住它的脖颈拎了起来。

这样的蛇，我还是第一次见，粗粗的，短短的，像一个圆圆的高帮水桶，而在鼻头那地方却拱起来一个长有鳞片的独角。这是一条蝰蛇，一条剧毒蛇。它拼命想从我钳住它的手指间挣脱，没命地咝咝叫着，瞪着一动不动的眼睛，迸射出令人生畏的凶光，散布一种死亡的恐怖。

我想，十有八九是小知更鸟第一眼见到毒蛇，被它眼睛迸射的凶光一盯，就心发悸、神发虚，当即吓坏了，所以叫出来的声音听起来就变异了，变得不像知更鸟的叫声了。它一会儿向前蹦，一会儿往后跳，结果越跳越蹦反而离毒蛇越近了。

这样，毒蛇就蹿上去，一口咬住了它。

埋在夏雪里的小鸟

〔俄罗斯〕尼·斯拉德科夫

　　夏天的群山展现着醉人的美丽！满山满坡的鲜花在万绿丛中闹得猛烈，四面八方传来鸟儿的啼唱。

　　但是，就在转瞬间，灰白的山岩后面就浮升起几个闷蓝闷蓝的云团，遮蔽了刚才还明艳的太阳。立刻，花儿闭合上了它们的花瓣，鸟儿停止了它们的歌唱。

　　大家的心情顿时都变糟了。

　　四周黑魆魆的，感觉到一种突然袭来的恐怖。隐隐约约有个庞然大物嘘嘘叫唤、打着呼哨，正越滚越近！眼看它轰隆轰隆就滚到跟前了，整个森林顿时一片恐慌和混乱——暴风雪来了！

　　我连忙躲到岩石下。紧接着狂怒的风，扯起了电闪，响起了雷鸣……下雪了！夏季里下大雪！

　　暴风雪过去后，周围变得满眼皑皑，而且静寂一片，像是一下回到了冬天。

　　不过，这是一种别样的冬天。从冰雹和积雪下，倔然露出了野花。一丛丛的青草在雪面上挺立着，它们甩掉了雪花。不久，夏天又从冬天底下钻出来了。

我忽然惊喜地发现，从雪里竟探出了一个小山鸟的头。

转来转去的，那是山鸟的小嘴；一眨一眨的，那是山鸟的眼睛。

这只小山鸟被突如其来的雪埋住了！

我想捉住它，把它掖在我怀里，让它暖和过来，但是忽然又改变了主意——很明显，它并不需要我的帮助，于是我便蹑着脚后退着走开了……

很快，乌云散尽，天上又出了太阳。

积雪和冰雹在夏日阳光下很快消融。从四面八方传来潺潺的流水声——不过泻下的水都是浑浊的。

郁郁葱葱的山谷又出现在了我的眼前。

小山鸟于是站了起来，抖掉了身背上的冰雹和积雪，用嘴理了理湿漉漉的羽毛，接着便钻进草丛里去了。

果然如我所料的那样，在刚才小山鸟趴过的地方，有个鸟窝，窝里有五只半裸的雏鸟，眼睛全紧闭着，彼此挤作一团。在鸟妈妈的肚腹下，它们活着，看得出，它们在一张一翕地喘气，背上和脑袋上的绒毛都在轻轻颤动。

难怪，这暴风雪袭来，小山鸟没有顾自逃开！难怪，它让大雪把自己埋了！

会唱歌的树

〔俄罗斯〕尼·斯拉德科夫

森林里有一棵树,从入夜到天亮,就这么一直不停地"吱嘎嘎、吱嘎嘎",那嘶叫的声音听起来让人感到绝望……从山顶上刮下来的夜风,一直像沉重的海涛声,呼啦啦呼啦啦响个不停。

这棵树又在哀叹它孱弱的生命了。

这树叫得让人心烦。它生来就这么"吱嘎嘎、吱嘎嘎"地叫唤吗?天天叫得这么悲哀、这么凄惶吗?

沉重的风涛声,从山顶上不断滚落下来,这棵树就这么不停地"吱嘎嘎,吱嘎嘎"叫着,无穷无休。

我睡着了。

我醒来。我不是被风吹声和树摇声吵醒的,而是因为沉寂,因为风声忽然没有了,林涛声也忽然没有了,森林静得能听见枞树的枯叶落地的声音。

突然,树又唱起来了!起先是轻轻地、低低地、胆怯地,后来就越唱越响,越唱越响,再不像开始那样细声细气的了。这不是原来那种"吱嘎嘎、吱嘎嘎"衰弱而无奈的哀叹声,而是一种透着鲜活生命气息的歌唱。

这声音不是从树的梢端传来的，而是从树身内部，从树的心脏部位传来的。这是雏鸟的唧唧声，是尖细的稚弱的吱吱声，是一种活鲜鲜的新声——这不是树在哀叹，而是树在歌唱！

这可不是我在做梦。天已经大亮了，我看见树林空地上的雾霭懒洋洋地向上升腾。露珠在阳光下闪射出蓝色和红色的光芒。刚刚苏醒的啄木鸟，已经在树干上伸张它修长的身躯。

就因为它，我才听见了活鲜鲜的新声吧？

我暂时还不想起床，更不想马上就去解开树歌唱的秘密。

谜团由啄木鸟解开了。

像魔法师手中的魔棒举起，啄木鸟一边摇头，一边鸣叫，一边把长长的嘴壳子抬起来，然后奋力地插进树身里去。树为了回报啄木鸟的救助，忽然"叽叽、吱吱"叫起来，急不可待地发出嘶声的呐喊。那已经不是在唱，它是在呼叫，在召唤，在请求——在恳切地求助——这分明是雏鸟求食的声音。

每个谜都有一个谜底。树里有树心，树心里有窝，窝里有婴幼的啄木鸟——这就是谜底。

整个夜晚，树都在摇着树心里小啄木鸟的摇篮，都在轻轻拍打着小啄木鸟。天亮时，是小啄木鸟们用早餐的时刻了。它们从树心里传出叽叽喳喳的求食声，个个都饥腹空空，饿慌了，所以发出的叫声是如此饥馋、如此渴盼。

这病树"吱嘎嘎、吱嘎嘎"哀叫了多少年了，但是一旦从树心传出来活鲜鲜的新声，这树就将会有保卫生命的壮士，就会有未来、会有希望。这天明时刻新声的叫唤，意味着树可以不再"吱嘎嘎、吱嘎嘎"绝望地呼叫了。

树梢上的布谷鸟

〔俄罗斯〕尼·斯拉德科夫

布谷鸟叫起来特别有力，歌声从容不迫却非常嘹亮。布谷鸟的歌声在有共鸣效果的森林里，就显得更高亢了。而这样的森林总归可以找到的。不只是鸟，风也喜欢这样的森林来放大它的声音。

布谷鸟爱到别的鸟所在的地盘去叫。鸫鸟在矮树林里生活，它们讨厌尖叫声。暮色中的丛林在雾霭弥漫中沉沉入睡，而布谷鸟偏偏在这时到鸫鸟的地儿去叫，还叫个没完没了。

我们在一片茂密的松林里站着，一只布谷鸟就在我们头顶叫。它蹲在黑黝黝的松树尖梢上，仿佛它只要抬头就能啄到闪烁的星星。它蹲在那里，尾巴微微翘起，双翅微微塌落，脖颈胀得粗粗的。它不停地向着落霞染红的西方，一边频频地躬身，一边声声地唱。

这鸟可真能叫啊！

整个黑魆魆的松林震响着布谷声声。松林共鸣中的布谷鸟叫声，直冲林带后面的晚霞，在那遥远的地方，另有一只布谷鸟在跟我们的布谷鸟应和。这边"咕咕咕、咕咕咕"，那边"咕咕咕、咕咕咕"，两声部合唱，唱得很有节奏，很合拍。

我们这边叫成三段式"咕——咕——咕"，那边的叫法也同样改成了三段"咕——咕——咕"。

我们这边忽然改叫成"嚯——"，那边也回应"嚯——"。

就这样叫着，谁也不间断，谁也不乱套，谁也不抢先，谁也不落后。就这样你呼我应，纹丝不乱。我便呆呆站着听，痴痴地听。

在黑乎乎的松林上方，已经现出好多星星。晚霞已经褪尽，什么也看不见了，但布谷鸟还依旧在声声地叫！其他的布谷鸟都不叫了，可我们的这只布谷鸟还在叫，它就是要证明，它比其他的布谷鸟要顽强，谁要想打败它——做梦去吧！

我们弄不清我们听了多久，我们也弄不明白那只回应的布谷鸟是怎么回事。反正我们的布谷鸟是再没有谁跟它应和、跟它对唱的了，现在就它自己叫，自己跟自己比，一声响过一声。

岁月像林中水滴，都落了多少了啊！而布谷鸟的叫声还依旧是那么响亮，像松林永不衰败，像霞光总是明丽，像林中回声的轰响无尽无休。

听布谷鸟叫，听一天活一天，活一天听一天！

小唧唧

〔俄罗斯〕尼·斯拉德科夫

燕子叫起来的时候，夜莺停止了它的歌唱。白头翁往往爱在燕子和夜莺中间插进来唱。白头翁一唱，就把燕子、夜莺和其他鸟儿的歌声都压了下去。这是一点用不着奇怪的，因为白头翁就爱在人家歌唱的时候用高音戏弄人家。

我们认识这只白头翁，可白头翁它不认识我们。它蹲在我家旁边一棵紫红色的赤杨树上，高高支起翅膀，唧唧唧地尖声鸣唱着。它唱得起劲极了——小唧唧，小唧唧，你在哪里？随后就有一只泽地白头翁跟随着叫起来，不过野白头翁的叫声听起来有点孤单，我们的白头翁又叫起来——小唧唧，小唧唧，你在哪里？叫得更来劲、更快乐。

我们去敲邻近一家的门。出来开门的是一个男孩，他看看我们，又看看白头翁，说："我的白头翁。我教会它这样叫的。"

事情是这样的：去年他的白头翁从笼子里掉了出来。小伙子想把它捡起来放回笼内横杆上去，但是笼子里横杆太细，小白头翁站不稳。他只好自己来喂它吃鸡蛋。小白头翁长得很快，不久就会自己吃了——上餐桌来吃，一同来喝茶。小白头翁可喜欢喝茶了。这样他们两个就成了同吃同喝的好朋友,亲密得不可分离。

于是男孩到哪里,白头翁就跟到那里。白头翁就这样跟在男孩的屁股后头唱歌给男孩听。白头翁还蹲到他肩膀上去看他的嘴。蹲啊,看啊,时间一长,它也就知道"小唧唧"叫的就是它。随后,这"小唧唧"也就成了它的名字。

秋天来了,野白头翁集合成群,要飞往南方去过冬了。男孩同情小唧唧,就把它放到了草地上,让它去亲近野白头翁群。哗啦啦一阵翅膀扇动声响过后,草地上就再也见不到小唧唧了。

冬天拖拖拉拉,迁延得很长。男孩想念白头翁小唧唧,想着想着,就不由得在嘴里叫唤起"小唧唧"来。小白头翁也没有把男孩忘记,春天到来时,它好好地活着回来了!

于是,在夜莺歌声响起前,我们就侧耳倾听白头翁声声的歌唱。

我们知道它回南方一趟不容易:这么个小不点点,这么望不到头的归程!我们也知道男孩怎么样想念它,怎么样想念了长长一个冬天——小唧唧,小唧唧,你在哪里?

夜莺的巧舌

〔俄罗斯〕尼·斯拉德科夫

关于夜莺这种鸟的事，谁都听说过，可不一定都真听过夜莺的歌声，所以，知道夜莺在什么样的林子里生活，它的模样是什么样的，就不多了。

夜莺是袖珍的小个子鸟，通身灰，而眼睛却很大；它的嗓音出奇的悦耳。

我们非常想见见这种鸟，听听它美妙的歌声。老人对我是这样说的："要等到白桦树长出第一片叶子时，夜莺的歌喉才渐渐复苏。听夜莺唱歌的最好时间，是在夜间——一到天黑，它就开始歌唱了。最先开始唱的是老夜莺——它们给年轻夜莺作示范。夜莺的歌声最最悦耳的日子，是在铃兰花摇响的时节。"

好，现在铃兰花开始摇响了……

夜莺唱得最动听的时刻要到来了。

爷爷把我带到长满稠梨树的小河边，叮嘱我们不要吭声。

林子寂然无声，甚至是一片肃静，仿佛在期待一种妙不可言的事物出现。

水雾从河面往上徐徐飘动，矮树林黑压压的，枝叶摇动着，却没有一点声音，一切都显得非常神秘。

陡然，响起一个传得十分辽远的尖哨声，伶俐而纯粹！

"曲伊！曲伊！曲伊！"

很快，夜莺的歌喉越拔越高，越拔越高，在整座树林里辽远地震响。

"奇奥！奇奥！奇奥！"

夜莺大合唱真正开始了！

夜莺们这尖哨声这样清脆，这样嘹亮，我的脊心不由得迅速滚过阵阵凉意。

忽一时尖声鸣唱，忽一时哑默寂静：提起耳朵来听，可听出一种十之八九是从崖岸反弹过来的回声——这声音之大之响，简直震耳欲聋！

蚊虫在耳畔呜呜呜叫，叮咬我们的脖颈，然而我们不敢轻微动一动。

夜莺在尖声啼啭。

夜莺的啼啭声时而迅疾地滑落，时而转为啄木鸟叩击树干的脆响，忽然又叫成了大鹅的"嘎嘎"声。

它又停下来，又开始，尖哨声不断变换着：一下拖得很长很长，一下紧缩得很短很短。

"声音能拉长到12个节拍！"爷爷轻声说，"一种调子一种调子地换！但全都是它自己的歌声，别的鸟儿的歌声它一点也没有掺！没有一丝破损感，没有一丝颓疲感，完全是一种银铃般的纯响！"

爷爷听得来劲时，就拿他瘦筋筋的拳头直捶瘦筋筋的膝盖。

我们悄悄潜进稠梨树树丛。

夜莺在唱。它唱得陶醉，唱得忘情。它憋足劲儿，久久蹲在树枝上，双翅微微往下斜塌着；它的双眼绷着蔚蓝色的薄膜；它短短的喙张得大大的，

尖尖的哨鸣声就从这喉咙里奔放出来；它小小的头摇颤着，轻轻的身躯左右摆荡。

天空一片幽蓝。夜莺放声歌唱的时候，能看得到它张开的嘴巴里那根颤动的细小舌头，就跟铃铛一模一样的舌头。就是这灵巧的小舌头，在夜色中放送出阵阵美妙的歌声。这歌声能让年轻的夜莺不好意思开口，只静静地待在一旁聆听，学习着将来能唱得一样好。

我们听夜莺的歌唱，一直听到东方升起朦胧的月色。当我们回到家，开开院门，一股丁香花的香味扑鼻而来，温馨极了。

"又是花儿飘香，又是莺儿唱！"爷爷感叹说。

就让夜莺的歌声一直伴着我们吧，永远，永远。

鸟歌为我指路

〔俄罗斯〕尼·斯拉德科夫

森林里的路，一条跟一条不一样。会碰到这样的情况：一直朝前走，回头再找这条路，却找不着了；往左边的小路走，走着走着不知走哪里去了，迷路了；往右边的小路走，走着走着走进湿地里去了。森林里的路，就是不好走！

不过也有另外一种情况：森林里的路走过一回就一辈子记住了。这样的路就很想一次又一次地去走。

有一次，我在森林里走，手里拿着一张我自己过去写下的纸片。就是普通练习本上的那种纸。纸上记着："去响溪村和去矢车菊村的岔路口，有秧鸡叫。"

我站在岔路口。两条路之间有一块三角地，这里有一只鸟在"斯利亚、斯利亚"地叫。这种叫法的鸟只可能是秧鸡。因为只有秧鸡能有这大嗓门。

"一准儿就是这路口了！"我寻思着。

我边走边看，纸片上还写着："两条旁边长飞燕草的小路。有知更鸟叫的一条是通往沼泽的，而有棕柳莺叫的路是通往矢车菊村的。"

童猴雅什卡

"我能准确地找到矢车菊村了!"我琢磨着。这时,我耳朵里传来"帖金卡、帖金卡"的鸟叫声。"就是它了!就是棕柳莺了,错不了!"

这鸟歌指路还真灵哪!指路牌都可以不立了。

要是有人向我问路:"你能告诉我去矢车菊村的路吗?这森林的小路可把我走晕了。"

我就回答:"森林里的路其实好走。森林里不像城市里。城市里人多,你不会走,可以见人就问。森林里找路,你只需用耳朵听。走到一个有秧鸡叫的岔路口,往右边小路走,你一边走一边听着'帖金卡、帖金卡'的叫声,顺着棕柳莺的这叫声,按它的指引一直走,一直走,走到听见有鸫鸟叫的路口,再朝左手走,就准能走到矢车菊村。"

听鸟声走路,森林里的路其实不会把自己走丢!

鸟声指引你直走你就直走,鸟声指引你往左你就往左,鸟声指引你向右你就向右!

我走到了棕柳莺叫的地方。棕柳莺蹲在一棵歪脖子树上唱:"走,走,放胆走!"

我往左一拐,矢车菊村就在眼前了。

哈,太方便了!我照着纸片上写的走,大踏步走,放心走,不会迷路。这鸟歌声比什么指路牌都管用。指路牌很快就旧了,朽了,而鸟歌是不会变旧的,更不会变朽。

现在到我揭开我的小秘密的时候了。我进森林用纸片记路,已经有多个年头了。我出去多年,穿过森林回家,还是能一找就找到家。虽说是走得很熟的路,但有时也会忘了怎么拐,会迷路。没有鸟歌指路,没有早年

"好吧！"他说，"既然惊吓不起作用，那么你就逼得我明天对你动枪了，叫你尝尝子弹的味道！我们的忍耐到头了！"

我们在看守果园的窝棚里蹲守。我们摘了几个樱桃果和李子果，在上头涂了一层粘胶，把它们挂在果园显眼处的一个个黑钉子上。然而，并没有如我们预期的那样，传来白头翁的挣扎嘶叫声。白头翁们只是小偷似的在一旁窥望着那些涂了胶的果子。

突然间，鸟群炸了锅似的没命地叫起来！随即，一片白头翁如黑色的浪花四溅，像刮过一阵强风，把它们一下吹散了。

大鹰在浓密的树叶遮蔽下，直直冲进了密林深处。鹰的身影只一闪，白头翁们一下就向上冲腾、往下跌落，只刹那间，全不见了踪影。再看，既不见了鹰，也不见了白头翁。一片寂静。录音机里只传出来胶卷转动的咝咝声。

就这样，我们成功录下了鸟群惊恐万状的骚动声。

现在好了。往下的事会怎么发生，我们能料个八九不离十了。要是白头翁黑云似的扑来……

第二天，我们把扩音器搁在窗口，见白头翁像乌云一般从丛林向果园袭来，我们就立刻开响扩音器。于是，整个果园四面八方、角角落落，即刻腾起如昨天那般的惊叫声——"救命啊！"白头翁又一阵风似的刮得无影无踪。

没有什么比大鹰更能吓破它们的胆了。

第二天，第三天，我们都用这个办法。到第四天，就一只白头翁也不飞来了。

这个办法对果园园丁、对白头翁都好。我们既保全了果园，也没伤害到白头翁。

我的鸟和我

〔俄罗斯〕尼·斯拉德科夫

我家里养了三只鸟,一只是西伯利亚红胸雀,一只是青山雀,一只梅花雀。

最早醒来的是红胸雀,它一醒来,就在笼子横杆上跳过来跳过去,直跳到半夜。它醒得这么早,跟它生长地是西伯利亚有直接关系。那里,日出时间比这里要早得多——早五个钟头呢。是的,我们这里夜间12点的时候,在那里,在西伯利亚,已经是早晨5点了。我不能起这么早,夏天、冬天都不行。晚上12点我必须睡着。

冬天,9点,我跟青山雀一同起来;但是一到春天,青山雀就醒得很早很早,因为天亮得很早很早。可我还是起不了那么早,我不能跟青山雀一同起来。

这时我同梅花雀一同起来。梅花雀比另外两只鸟要醒得迟。它不忙着醒来,也不一下就醒来,醒来也不像青山雀那样就起来活动。它张了三次嘴,做了三次起卧,伸伸懒腰,梳理梳理羽毛,前后左右看上一阵,接着又打起盹来。梅花雀因此最让我喜欢。这梅花雀从从容容、慢慢悠悠,也不卖弄嗓子。它早上也不晨练。

红胸雀和青山雀每天都做早操,可梅花雀不做。它不慌不忙地啄吃着苎麻籽,喝上几口水,从这根横杆跳到那根横杆,一次,两次,好了,就不再动弹了。而红胸雀,在横杆之间不停地跳过来跳过去,像装了弹簧似的!它扑过来扑过去,拍着翅膀,扭着头,面对面看着我。这是它早上必做的功课。青山雀则头朝下吊挂着,还像在单杠上做翻滚动作,旋了一圈又一圈,并且在这根横杆做过后又换到那根横杆上再来。

鸟儿的动作我什么都能学,唯独青山雀这吊挂的动作我怎么也学不了。

红胸雀和青山雀都不停地唱,声音又高又尖。

梅花雀正在发胖。这不,它睡眠时间这么长,又不跳不蹦,连自己的羽毛都懒得梳理了。它的眼窝凹了进去,也不唱,还开始掉毛,恐怕是要活不成了。我真担心我自己会不会也这样!

等妈妈出去,我就拿两面镜子来照。还好,头发倒是没有掉。但是我的眼睛看起来有些模糊,不太快乐。难道我也发胖了?可别让我像梅花雀哟……

我决定同青山雀一同醒来,一天比一天早。这样,我每天都能看到太阳升起,能看到春天湛蓝湛蓝的天空。我开始天天像红胸雀一样晨练,像青山雀那样做蹦跳动作。我的眼睛现在已经不模糊了,也快活多了。我还学会了唱歌,并且唱得很棒!

鸟的语言

〔俄罗斯〕尼·斯拉德科夫

各种鸟有各种鸟的语言,譬如乌鸦和寒鸦,它们虽然是同一种属,语言却不同。它们自己听起来十分明白,彼此绝不会混淆。就说乌鸦吧,它们只要有一只惊恐地"呱"一声叫,其他所有的同类就都会一齐惊飞起来;要是有一只乌鸦得到食物,发出喜悦的叫唤,大家听到就都会飞过来,同它一起分享。而寒鸦相互对骂起来,简直就跟邻里吵架那样,彼此恶语相向,而旁的鸟则充耳不闻。

那么,它们,比如乌鸦或寒鸦不聚居在一起,而是分别住在相距很远的地方,它们会不会像人一样,来自不同地方的人就说不同口音和词汇的话,甚至彼此不懂的方言?比方说吧,莫斯科寒鸦同法国寒鸦再同美国寒鸦,它们说话彼此能懂吗?

曾有学者为了研究这个问题,把法国寒鸦的喜、忧、惊分别作了录音,然后把录音放给美国的寒鸦听。法国寒鸦亮开嗓门大叫"真棒""救命"的时候,美国寒鸦却在那里打瞌睡,或忙着梳理自己的羽毛。

这就非常清楚了,美国乌鸦和寒鸦根本听不懂法国乌鸦和寒鸦叫唤的意思，说明它们有不同的语言系统。

可要是让法国乌鸦或寒鸦"接受教育"，让它们有一个学习的过程，把温带的乌鸦或寒鸦放进寒带的乌鸦或寒鸦群中生活一个时期，那情况就不同了：它们就两种语言都能听懂。它们就知道什么时候该喜悦，什么时候该惊慌。于是研究人员就想，这些到寒带生活过的乌鸦或寒鸦在外地生活期间学会了外语，学懂了对方语言中部分"词汇"的意思。

学者们就这样借助录音机得以知晓：不同地域的鸟也像不同地域的人一样，说着不同的话。

鹦鹉的语言

〔俄罗斯〕尼·斯拉德科夫

我是翻译家,懂得好多种语言。有一次,竟是什么动物园来请我去做翻译!我莫名其妙,一头雾水,觉得让我去翻译鸟的语言,也真亏他们想得出来!

他们把我送到动物园。我到的地方是鹦鹉馆。这里有很多来自世界各地的鹦鹉。它们只只都是经过驯养的,叽里呱啦说个不停。它们各说各的语言。而究竟说的是哪国语言,动物园里没有谁能听懂。

我坐在一排笼子边,开始留神听。很有意思。它们有的说的是印度语,有的说的是非洲话,好像还有澳大利亚口音……然而它们究竟用各自的语言在说什么,我想听明白,哪怕一点点,但是它们说的都是当地人非要它们记住的话。要知道,鹦鹉自己不明白它们在说什么。它们一个劲儿在说,越说越让我坚信:它们产地不一,却有一点是共同的——都是傻瓜!

但是,当中有一只不知是哪个语种的地区来的,它叽呱的是我全然陌生的语言。我聚精会神地听,也没听出一个我能懂得的词。而我是能听很多国语言的。

冬债

〔俄罗斯〕尼·斯拉德科夫

一只麻雀在一个马粪堆上一边叽叽喳喳叫得欢，一边上下蹦蹦跶跶。聪明的乌鸦呱呱叫着，表达对麻雀的反感："麻雀，你开心成这样，你叽叽喳喳都叫些什么呀？"

"我的翅膀痒痒。乌鸦，嘴脏，在粪草里擦擦干净。"麻雀回答说，"我正要找谁斗上一家伙！你别对着我呱呱叫了，不要来破坏我春天的好心情！"

"我就要破坏破坏你的好心情！"乌鸦毫不让步，"我偏要问你为什么这么开心？"

"你要动武？"

"我倒不想碰碰你。你冬天吃粮了吧？"

"吃了。"

"那是人给牲口备下的不是？"

"我知道是人给牲口备下的。"

"你在学校旁边吃孩子给的面包屑了吗？"

"我感激好心的孩子们。"

"那不就结了,"乌鸦在树枝上跳了一跳,"这都是你冬天欠下的债,你打算怎么还啊?你这么一天叽叽喳喳叫叫就算还债了?"

"那粮是我一个吃掉的吗?"麻雀急眼了,"山雀也来吃,还有啄木鸟,还有喜鹊,还有寒鸦。你乌鸦不也来……"

"你别扯上别人!"乌鸦说话忽然结巴了,"我问的是你。欠债还债,天经地义!这也是鸟族的规矩呀。"

"鸟族倒是有这规矩,"麻雀动气了,"可倒是,你怎么还债啊,乌鸦?"

"我的债早还清了!你见拖拉机犁地了吗?拖拉机在前面犁,我紧跟在拖拉机后面把躲在残根里的虫子都吃了。喜鹊和寒鸦来帮我一起吃。看我们吃得多卖力,大家也都吃得起劲呢。"

"那些没来啄虫子的,可能是它们一时没想起,你吃得多,也就替没来的把债还了。"麻雀就是不认账。

然而乌鸦不依不饶,它说:"你去别处看看去吧,是不是大家都在还冬债!"

麻雀飞走了。它来到园子里,那里,山雀正把自己的家搬进新的树洞。

"恭贺你又搬新家了!"麻雀说,"你准是忘了你欠下的冬债了吧?"

"哦,你说哪儿去了,麻雀,我没有忘呢。"山雀说,"一个冬天,都是孩子们拿碎骨来喂我。我呢,秋日里拿甜苹果来款待孩子们。我保护果园,让果树密叶青青,果儿圆圆。"

麻雀又只得再飞。飞进了树林,它看见啄木鸟在笃笃敲着树干。啄木鸟看见麻雀飞来,就奇怪地问:"你飞进树林来找我,有什么要我帮忙冬天，冷得几乎整个身子都僵了，渴了只能吃雪代水，虽然虚弱得不行，我还是坚持守着这片土地。你白嘴鸦，一身黑衣服，表面看你挺聪明的，不过你还是趁早离开，别碰这地面上的任何东西！"

云雀听见喜鹊和白嘴鸦争吵，就飞了过来，把四周看了一遍，仔细听过两人的理由，就说："春天，太阳，明朗的天，你们却在瞎咧咧。这是什么地方？这儿是我的融雪地，你们不要在我的地面吵吵闹闹，破坏我迎接春天的好心情。我渴望春天的到来！"

喜鹊和白嘴鸦都伸开翅膀，扑扑拍动起来。

"为什么说这融雪地是你的？这是我们的，我们先发现的。喜鹊整个冬天都眼睁睁守望着这片土地；我呢，从南方急急忙忙赶回来，飞得翅膀都快累断了。"

"我是这块地面上土生土长的！"云雀叫起来，"你们若是不信，去年孵出我来的那个蛋壳现在还能找到呢。我在外乡，一个冬天都在思念着自己的家乡。在外乡，我一声都不想唱，弄得现在我唱歌嗓音都发颤。"

云雀一跳，跳到了一个土堆上，眼睛眯缝起来，它哆哆嗦嗦的嗓音唱出来的歌，像春天的小溪：淙淙然，咕咕然，潺潺然。喜鹊和白嘴鸦听得都发呆了，半天合不拢嘴。它们的喉咙不能唱歌，只能叽叽呱呱地叫。

喜鹊和白嘴鸦就这么一边烤着太阳，一边听云雀歌唱。忽然，它们脚下的地面拱起来，一时间泥土都往四面喷撒开——从地里钻出来一只鼹鼠，鼻孔一张一合地翕动着。

"这地面怎么——雪没有了，土软了，暖和了。我来闻闻……唔，春天，是春天的气息吗？你们地上是春天了吗？"

童猴雅什卡

"地老鼠，春天到了，春天到了！"喜鹊没好气地说。

"我知道春天到了，可不管什么天对我都一样！"鼹鼠瞎着眼睛东闻闻、西闻闻，"我什么也看不见……"

"那我们说融雪地的事，你来插什么嘴？"云雀埋怨说。

鼹鼠拿鼻子闻闻白嘴鸦，闻闻喜鹊，闻闻云雀，它的视力实在太差。它打了个喷嚏，说："你们争的，我不需要。融雪地对我毫无用处。我就从地下打个洞钻上来看看，就又从洞里钻回去。我闻闻你们，你们的气味没有一个让我喜欢。你们在上面吵得多厉害都没有关系，可就别打起来，把我地下的通道踩塌了。上面是好，又亮，又干燥，空气又新鲜。不像我在地下，又黑，又潮，又闷。好啊！你们这里的春天真不错啊……"

"地老鼠，你在地底下穿来穿去，根本不懂得春天是什么！"云雀说。

"我不知道，也不想知道，"鼹鼠的鼻子一下一下吸着气，"再好的春天我都不需要，我独自一个就整年整年待在地下。"

"我们多么盼望春天，盼望出现融雪地！"喜鹊、云雀和白嘴鸦同声说。

"可吵闹也从融雪地开始了！"鼹鼠的鼻孔一张一合地吸气，"我能指望从融雪地得到什么？融雪地，不就是融雪地么！"

"你怎么不说融雪地上有草籽？不说融雪地上有昆虫？不说融雪地上有青青的嫩芽？一切生活所需的养料融雪地上都有。"喜鹊说。

"有了融雪地，我们就可以爱蹓跶就蹓跶，爱站就站，爱蹲就蹲，"白嘴鸦说，"地上没有冰了，我们就可以把嘴插进土里去找虫子吃！"

"在融雪地上空歌唱是最舒心的事了！"云雀说，"有多少块融雪地就有多少只云雀在歌唱。到处有云雀的歌声，没有比传统的融雪地更好的地方了。"

"那你们还吵什么?"鼹鼠说,"云雀爱唱,唱去吧;白嘴鸦爱快步走,走去吧。"

"是啊!"喜鹊说,"我快去找草籽和虫子吃吧!"

于是它们又继续叫呀、吵呀。

正是在它们的叫嚷声和吵闹声中,一片片新的融雪地又出现了,鸟儿们在融雪地上飞来飞去,欢呼着春天的到来。蚯蚓在歌声中把土一层一层地疏松。

鼹鼠说:"我也该去忙我的了!"说完,它就遁进了地里——在地下,没有春天,没有融雪地,没有太阳,没有风和雨;在地下,它也不用跟谁争吵;在地底下,只有黑暗和静寂。

美丽的䴙䴘

〔俄罗斯〕尼·斯拉德科夫

我在湖边钓鱼。忽然,头顶翻涌起紫黑色的乌云,顿时雷声隆隆,电闪乱舞。我只得赶快收起我的钓线钓竿。然而,我看见清澈的湖面上,密密匝匝的菖蒲间游出来两只䴙䴘。一只䴙䴘爸爸,一只䴙䴘妈妈,还有两只小䴙䴘——很小很小的两只小䴙䴘。

䴙䴘爸爸游到开阔的湖中央,仰头瞅瞅天空,看有没有鹰鹫飞来;䴙䴘妈妈像母鸡钻进灰堆里似的,一头钻进了水里,并且穿水向前游得很远;小䴙䴘只有绒毛,不会游水,所以一直在水面打转转,它们也想钻水,但是身子太轻,像浮标似的钻进去就浮出水面。

这时,妈妈钻出水面。两个小东西一看见妈妈,也就不那么惊慌了,就开始在水浪间追逐嬉戏,还在水里翻跟斗——倒头,钻进水里,水面只见两只青蛙脚一般的腿。

䴙䴘妈妈伸过脖子对小䴙䴘们说话。因为逆风,我没有听见说话的声音,可小䴙䴘一听见就很快游到妈妈身边,并且一下爬上了妈妈的背脊,像是坐上了船!它们带蹼的脚噼里噼啪在妈妈背上划动,仿佛它们是在湖上划船，多有想象力啊，真是机灵又聪明！它们还把身子陷进妈妈的背羽里，只露出个小脑袋，于是，我看到了一幅神妙的鸟景！

小䴘䴘的绒毛干干的，又暖和又吹不着风。小䴘䴘看着四周，小脑袋转来转去，看得出来，它们是饿了。

䴘䴘妈妈又对它们说了几句什么，我还是没听见。可䴘䴘爸爸听见了。䴘䴘爸爸一头钻进了水里，直冲向湖底。这时，䴘䴘妈妈又仰起脖子，眼睛对着天空警惕地瞭望。

爸爸钻出水面了，嘴里咬着好吃的东西，两只小䴘䴘马上伸长脖子。爸爸喂过孩子，又一下钻入水底。妈妈像一个漂浮的鸟窝，窝里温暖着自己的雏儿。爸爸追着浮动的窝，把好吃的源源不断送进孩子的嘴里。此生我恐怕是不会再见到如此奇妙的景象了。

这时，电闪划过湖面，雷声轰然传来，沉重的雨点霰弹般地打过来。䴘䴘一家匆忙躲进了菖蒲丛中，像是两条游艇，妈妈紧随着爸爸，把两个小乘客送进水草丛中躲雨。

䴘䴘一家都没有遭雨淋，倒是我，通身都淋了个透湿。我这鱼钓得真是有代价了！

从此，我把䴘䴘就不再叫"䴘䴘"。它们应该有另外的名字，譬如"潜水能手"，譬如"育儿模范"。可仔细想想，这些叫法总也还是没有叫它们"䴘䴘"好。䴘䴘，䴘䴘，说到底就是一个字：美！

夜猎活动正在进行

〔俄罗斯〕尼·斯拉德科夫

　　林边木屋里，我坐在灯下写作。窗户老叮咚响。我抬眼，见一只蝴蝶在撞窗玻璃。它看见我的灯光，从树林里飞出来，直往我的玻璃上飞扑，像是有谁在后面追赶它似的。我正要打开窗户放它进来，但转念一想，我开窗，会把蚊子也放进来，于是就打消了开窗的念头。

　　可我低下头，才拿起笔来，又听见什么在我的窗玻璃上窸窸窣窣地抓挠。只见一只眼睛圆溜溜的猫，透着一股野性，嘴边的胡须翘得高高的，爪子对着蝴蝶一下连一下地扑抓。猫爪按住了蝴蝶，随即张开血红的嘴，微微转动着胡子，把蝴蝶吃掉了——好一个夜猎的把式啊！

　　"滚！"我呵斥了一声。

　　猫不走。它晓得还会有蝴蝶飞来撞玻璃的。我就走出去。

　　夜很黑，却暖和。窗户里射出来的灯光像探照灯照着院子。像太阳光下的灰尘一般，灯光把夜间飞窜的虫子都照了个分明，有螟蛾，有蝴蝶，有蚊子。光弱的地方也影影绰绰的，有许多虫子在飞动。一闪过后，就能听见细微的窸窸窣窣的声响，定睛细看，可以看到蝴蝶的翅膀在夜空中扇动。

而呼呼声中可见一只只甲虫的翅鞘扑棱下来。蝙蝠正忙着进行夜间大劫掠呢!

我睁大眼睛看,看夜间狩猎活动还能有些什么奇观。这时候,我看见,黑暗中飞出比蝙蝠飞得还快的什么黑家伙,它俯冲下来,伸爪,一下,把蝙蝠抓走了,只一闪身,一晃眼,就消失在黑暗中,再不见了。是什么?我还没有看出来呢,从黑暗中传来那飞跑了的家伙的叫声:"库——喂,库——喂!"

是枭鸟,一种猫头鹰,难怪动作这么敏捷,速度这么快!我以前还不知道枭鸟夜里抓蝙蝠吃。原来夜间的狩猎是这样的:猫逮蝴蝶,枭鸟逮蝙蝠……

树林深处的黑暗中,远处近处,还传来各种我不能辨认的声音,这就意味着,黑夜出来活动的猎手还多,说不定,还会有什么哗一下冲出来……我还是多留点神,赶快离开,才是万全之策!

这是谁

〔俄罗斯〕尼·斯拉德科夫

鸫鸟看见一只小鸟蹲在树桩上。这小鸟个子不算太小,所以从远处就可以看见,但这究竟是谁家的孩子:头这么大,尾巴这么短,通身布满花花的麻点。对于这样的小鸟,鸫鸟还没有见识过。

"你是谁家的孩子?你是谁?"

可麻斑小鸟只会眨眼睛,说:"我也不知道我是谁……我还小,也许大了我会知道。"

"你这么小,就从窝里蹦出来了。"鸫鸟说,"你这么小,蹦出来干吗?"

"就是想蹦出来。"小鸟吱吱地说。

"我要知道你是什么鸟就好了。"鸫鸟为难地说。

"谁也没有告诉我,我叫什么鸟,我从哪儿去知道我是什么鸟?"

"听你的叫声,"鸫鸟对小鸟说,"这阵子森林里大家都在叫自己的孩子,山鸡妈妈在叫自己的山鸡孩子,野鸭妈妈在叫自己的野鸭孩子,鸫鸟妈妈在叫自己的鸫鸟孩子,唐鸦妈妈在叫自己的唐鸦孩子……你的父母也一定叫过你的,你一听就知道自己叫什么鸟了。"

小鸟听着，摇了一阵头，接着就闭上眼睛了。

"你从来没有听谁叫你，你也没有答应过谁？"鸫鸟问。

"谁叫唤过我？"小鸟睁开眼睛说，"我不知道我叫什么，我也从来没有应过声。"

是啊——鸫鸟寻思：这小鸟就是小鸟，没有名字。这种事我还头一回见。

"你原来是蹲在那棵树上的——是从树枝上掉下来，还是从窝里掉出来的？"

"不是从窝里，也不是从树枝上，我原来是待在树洞里的。树洞里黑乎乎的，什么也看不见。我把头伸到洞外去看，伸着伸着，就掉下去了……"

"你好好听着！"鸫鸟对小鸟说，"我叫鸫鸟，它叫喜鹊。瞧那从树枝上倒挂下脑袋来的，叫山雀。每种鸟都有每种鸟的名字。你说你是谁？"

"它更像是山雀！"松鸡说，"山雀喜欢在洞里待着。山雀，这里有一个孩子，是不是从你的洞里落下来的？"

山雀转过身来瞅了一眼，又马上挂到树枝上去。

"怎么可能呢？"它叽叽地说，"它的个头比我大十几倍呢！"

鸫鸟又问小鸟："你是从什么颜色的蛋里面钻出来的？这你也不记得了吗？"

"我记什么呀？我从蛋壳里钻出来的时候，什么也看不见！"小鸟感觉鸫鸟问得很奇怪，"洞里漆黑一片，什么也看不见。"

"这倒也确实是，"鸫鸟犯愁了，"那么该怎么办呢……"

这时，松鸡问："谁喂你吃呢？这你总该记得的！"

"喂的都很好吃，可就是看不见是什么样的鸟喂我。我只管张嘴，眼

童猴雅什卡

什么也不看。我饿了就把嘴张得大大的,眼前什么也看不见,吃的一吞下,我就合上嘴,然后就睁眼闭眼都一样,反正是一团漆黑,谁也看不见谁。"

"或许你会记得,喂你吃的鸟叫声是什么样的?爸爸妈妈是怎么教你叫的?我们能从你模仿的叫声里,听出你是什么鸟。"

"叫声我记得清楚的,可我学不来。我叫起来不像它们叫的。"小鸟苦恼地说。

山鸡、松鸡和鸫鸟都在想怎么办好。这时,一只布谷鸟看见了它们,飞过来,好奇地问:"邻居们,都想什么呢?"

"是这样,这里有只小鸟,没有谁认领,它自己又不知道自己是谁,没有谁知道它是什么鸟。该不是你的孩子吧?"

布谷鸟瞅了瞅小鸟的模样,就转开身去:"我从来就没见过我自己的孩子,我怎么会知道这孩子是不是我的呢?我从来没有抱过蛋呢。"

大家你看我、我看你,接着又看看布谷鸟。

"我不孵蛋的!"布谷鸟说,"我是别的鸟喂大的。灰的鸟、红褐色的鸟,我还记得,通身红兮兮的鸟,都喂过我!"

这时,飞来一只朗鸡,颈肩是红褐色的,尾巴是淡红色的。它不安地大声说:"费尤,叽——叽!"(这意思是:"我正着急找不到我的儿子呢!")

"这里有一个孩子是红嘴儿的,"鸫鸟回答说,"可它完全不像你。不知道是谁的孩子!"

朗鸡瞧了瞧小鸟,一下高兴了:"费尤,叽——叽!"(这意思是:"亲亲的,我的孩子!")

"这像谁,就是我呀——一条红尾巴!"

小鸟把嘴张得更大了,想着很快就会有谁来喂它。朗鸟一下蹲到小鸟头上,给它嘴里喂了一条大青虫。

"还真是,"鸫鸟惊叹了一声说,"儿子比父亲大一倍!这样父亲才能蹲到儿子头上去!"

"儿子既不像母亲也不像父亲……"松鸡嘟哝说。

这种事确实有。布谷鸟一下蛋,就把自己的蛋扔给了朗鸟。朗鸟给布谷鸟孵蛋,还把它当作自己亲生的孩子。布谷鸟的孩子竟也把朗鸟当作自己的父母。它们的亲昵是朋友不能比拟的。可布谷鸟却不认自己的孩子,孩子也不认得自己的生母:它们从来没有见过面。森林就有这么多的怪事!

椋鸟小屋里的秘密

〔俄罗斯〕尼·斯拉德科夫

森林里挂着各种各样的小鸟屋。山雀的小屋里住着山雀；松鸡的小屋里住着松鸡；椋鸟屋里住的，不消说，是住着椋鸟了。这事儿明白又简单。可是在森林里偶尔也有不简单的事儿……

我就知道一间椋鸟小屋里住的是——一个大松果！我从小屋的门洞能看到松果在不停地移动。我一走近椋鸟小屋，松果抖动了一下，接着就不见了。

我躲到一棵大树后头去看，想弄清楚松果移动的秘密。我等着看，却什么也没有看到！森林里的这个秘密就是揭不开，就像是藏在重重的雨幕后面，藏在迷蒙的浓雾之中，就像是潜隐在茫茫泽地里，潜隐在风灾中倒伏的无边乱木下。每个家庭都有不为外人知的秘密。要揭开这个椋鸟小屋里的秘密，看来我得有足够的耐心。

我都已经看到松果在移动了，但是要弄清楚松果移动的原因，我不知要等到什么时候！

我就爬上树去。我看见椋鸟小屋里堆满了松果，但看不出它们在动。

我把松果从小屋里拨拉出来,扔到地面,才爬下来。

昨天,我又一次来到挂椋鸟小屋的这棵树下。这次,椋鸟小屋里住的是——一片桦树叶!我定睛细看,树叶像是有动静,然后一动不动,然后……就什么也看不出来了!

我又爬上树去,今天看到的是,椋鸟小屋里塞满了桦树树叶!别的什么也没有……

今天椋鸟小屋里什么也看不出来。我背靠在旁边一棵树的树干上,静下心来耐心等待。

秋天的树林沙沙响个不停。树叶一片一片飘落到空中,摆荡着,旋转着,落到我的头上,落到我的肩上,落到我的高筒皮鞋上。我站着,悄悄地站着。不时有动物从我脚边跑过,很快就消失得无影无踪。

啄木鸟飞到椋鸟小屋上头,抓住小屋的木板,便咚咚咚敲打起来!于是,从隐秘住屋里,从松果和树叶下面跳出来、飞出来——几只老鼠!不是飞鼠哟,也不是林鼠,它们将四只脚向四方撑开,从树上飞落地面,活像是一朵朵荡在空中的降落伞,只轻轻"沙"的一声,就着了地,就四散逃跑得没影了。

这就是我一直惊讶——为什么松果会动、树叶会动?原来,是老鼠们在椋鸟小屋里为自己安家过冬、铺舒适的床呢。我走近它们时,一定是惊

童猴雅什卡

动了它们，它们才急忙躲藏起来。而啄木鸟的敲凿声，咚咚——咚咚咚，这声音响得简直像是它们头顶上发生了雪崩，它们害怕了，就纷纷跳了出来！

这么说来，这树上的小木屋是该叫椋鸟小屋呢，还是叫老鼠小屋？可能，山雀小屋里居住的也不一定就是山雀，松鸡小屋里居住的也不一定是松鸡吧？这一切都得我们自己走进森林里去，一处处仔细地看，才能真正知道究竟是谁居住在里面，究竟是谁家的小屋……

林中琐语（10则）

〔俄罗斯〕尼·斯拉德科夫

喜鹊和狼

"喂，狼，你为什么整天这么愁眉苦脸的？"

"饿。"

"你怎么了，肋骨都一根根凸出来了？"

"饿。"

"你就会说'饿'！像我们喜鹊似的，只会叫恰恰恰，怎么别的话就不会说了呢？"

"饿。"

喜鹊和兔子

"哎，我给你弄上一副狐狸牙齿！"

"啊呀，喜鹊，我还得东躲西藏……"

"那么我再给你安上四条狼腿！"

"喜鹊，我还是怕呀……"

"那我再给你装上大山猫的爪子！"

"啊呀，喜鹊，我的腿脚、爪子再厉害一百倍吧，可你要知道，我的心还一样是兔子的呀……"

狼和猫头鹰

"咱俩是一样的：你是灰色的，我也是灰色的；你的爪很锋利，我的牙很凶猛。为什么人对待我们却很不相同呢？他们对你可是好话说尽，而对我呢，恨不得把我千刀万剐、断子绝孙。"

"狼你都吃什么？"

"吃嘛，拣最肥的绵羊呀，最嫩的山羊呀，当然，见牛犊子我也不放过……"

"这不就结了！我逮祸害庄稼的野鼠。外表看，倒是的，你我衣装颜色是差不多，可干的事呢，完全不相同啊！"

雪豹和刺猬

"我听说，刺猬，你背上的尖刺有三万根之多，这可是真的？"

"雪豹，别听人瞎说，现在没有那么多了。我背上的刺只剩下两万九千根了。"

"你把那一千根弄哪儿去了？是弄丢了么？"

"丢倒是没丢。我送人做纪念了。送狐狸五根——戳在它鼻子上了；送狼十根——插在它肩上了；送给森林夜猫半打；送给大山猫两打。多出来的呢，谁欺负我，我就送谁。你也准备跟我来上一仗，我也可以送你一些，送过你，我还能剩多少……"

啄木鸟和黑山鸡

"你好，黑山鸡！你住哪儿呀？"

"我飞'上面'，睡'下面'。"

"飞'上面'，睡'下面'，你这是叫我猜谜呀？"

"我这可不是谜，我说的是积雪。我飞在积雪上面，而过夜却在积雪下面。"

"你这活法可真是没的说！我可就苦了，除了'里面'还是'里面'，飞在密林里，住在洞子里。除了枯燥就是乏味！"

鲈鱼和鳕鱼

"冰下竟还有这样的奇迹！所有的鱼都在冬眠，就你——鳕鱼，精神头这么足，玩得这么起劲，是怎么回事啊？"

"对所有的鱼来说，冬天当然就是冬天，而对于我们，冬天就是夏天！你们鲈鱼在冰下昏昏沉沉睡觉时，正是我们鳕鱼最好玩的日子，过家家，打斗，一天到晚开心又高兴！"

"原来是这样，那么，鳕鱼兄弟，我们去参加鳕鱼的婚礼吧！就不用整天懵懵懂懂，我们也高高兴兴去尝尝鳕鱼的鱼子酱……"

水獭和乌鸦

"乌鸦，你是林中最聪明的鸟，你知道为什么住在森林里的人总要整天生火吗？"

"水獭，难怪你会有这样的问题。他们的手冻得发僵了，受不了，就生个火，烤着暖和呀。"

"这我就不懂了……我冬天也觉得浑身暖和的。在水下，要知道，是不会冷得受不了的。"

兔子和田鼠

"寒冬时节，只有暴风雪，冷得要我们的命。要想闻青草的香味，吃甜蜜蜜的草茎，只有耐心地等，等到春天到来。可春天在哪里呢？春天还在大山以外呢，在大海那边呢……"

"不用翻山，不用渡海，兔子，春天就在你脚底下呢！你把雪扒开，那下面的越橘，还有扣子果、草莓和蒲公英都还绿着。有你闻的，有你吃的。"

獾和熊

"熊，怎么还睡呢？"

"睡吧，獾。肚子倒是瘪得凹进去了，可就是想睡啊！"

"或许，咱们该起了。"

"不到起的时候呢。我还要睡。"

"不会春天来了也不知道吧？"

"不用怕，兄弟，春天会来把咱们叫醒的。"

"春天已经来叩门了呢，我都听到她的歌声了，她已经来挠我们的脚掌了。我怕咱们起来晚了把春天耽搁过去了呢！"

"噢，噢！慌什么呢！春天来了，她会用冰水来灌咱们的，叫我们想睡也睡不成。现在，冰水还没来，洞里还干燥，再睡一会儿吧。"

童猴雅什卡

兔子和大角野山羊

"大角野山羊，你的角又大又长，我真羡慕你！大概，在这山里，你是谁也不用怕了吧？"

"兔子，我也有我怕的，跟你一样，成天担心！"

"你准是怕狐狸那凶狠的尖牙吧？"

"嗨，狐狸我怕它做什么？我用我的硬蹄踢它一脚，它就受不住了！"

"那你准是怕大山猫那锋利的尖爪吧？"

"大山猫我也不怕的，我拿我的一对大角顶它一家伙，它就滚得远远的了！"

"这山上，没有比狐狸的牙齿和大山猫的爪子更可怕的了！"

"可这山上有苍蝇呀，有牛虻呀，有蚊子呀！我的长角和蹄子都对付不了它们！我一听它们飞过来，就只有马上往高山跑，高寒的山上遍地是雪，那冷冰冰的地方，苍蝇、牛虻、蚊子都不去。只有在那里，我才安心！"

熊怎样翻身

〔俄罗斯〕尼·斯拉德科夫

冬日森林里,哪天没有暴风雪呀,一到夜里,严寒可把林兽们和林鸟们冻惨了!这苦,它们真是受够了!冬季那个长啊,不知道哪天是个头。熊在土洞里睡啊睡啊,连翻身都忘记了。

熟悉森林动物习性的人都知道,要是有谁看见熊翻身了,那就说明鸟兽们的冷天熬到头了。

鸟兽们再也忍受不了了,它们就相约一起去把熊叫醒。

"哎,熊,醒来!这冬天的苦日子我们大家都过不下去了!我们太想念太阳了!你快翻翻身,翻翻身呀!你要睡到哪年哪月啊?"

熊什么动静也没有,不哼不哈,不动不摇,只从洞里冲出来一股子热烘烘的恶臭气。

"往它后脑勺猛敲它一家伙!"啄木鸟大声说,"它就会醒了!"

"不行,"麋鹿嗓门粗重地说,"对熊,我们得恭恭敬敬的。要见太阳吗?得靠熊翻身呀!哎,熊爷,熊爷!你听我们向你哭诉,你听我们恳求你翻个身,你懒懒地翻、慢慢地翻也行,只要你翻身就好!我们活不下去了呀!

童猴雅什卡

积雪这么厚,我们——白杨林里的麋鹿,我们——圈里的母牛,都快被埋到胸口了,我们连一步退路也没有了呀!狼已经嗅到我们的气味了,它一扑过来,我们就都没命了!"

熊微微摇颤了一下耳朵,从齿缝间挤出个嘟哝声来:"我能帮麋鹿什么忙啊?雪积得厚好呀,越厚越暖和,我睡得越舒服。"

这时,白雷鸟数落开了:"你害不害羞,熊?草莓连根连芽都在雪里埋着,你倒是说说,我们都吃什么?你翻个身,冬天就会过去得快些不是?吧嗒一翻,就好了!"

可熊还迷迷糊糊地说:"你说得也太好笑了!你们厌恶冬天,就来找我翻身!你们的草莓根、草莓芽跟我有什么关系?我的皮下脂肪还多呢。"

松鼠忍不下去了,说:"你的绒毛垫子,懒鬼,得翻翻它了!你起来,到挂满冰凌子的树枝上去跳上几跳,你就会像我一样,浑身有精神,有使不完的劲儿了……懒家伙,翻身,翻!我喊一、二、三!"

"四、五、六!"熊嘲笑松鼠说,"你吓唬得了我?你别来碍我睡觉!"

大家都奈何不了熊,林兽们夹起尾巴,林鸟们低垂着脑袋,都只好走了,飞了。就在这时,一只林鼠忽然吱吱叫着说:

"你们就都这么怕它,拿它没有办法吗?跟这短尾家伙这样客气,能成吗?你哄它没用,你咒它也没用。对付它,就得用我们林鼠的办法。你们还是来求求我,我马上能叫它翻身!"

"你能让熊翻身?"鸟兽都惊叫起来。

"我只需一条腿就成!"林鼠夸口说。

林鼠吱溜一下钻进了熊洞里,爬到熊的胳肢窝下挠起来。

它爬到熊身上，用爪子搔，用牙齿咬。熊猛地哆嗦了一下，小猪似的叫着，四脚不停地抖动起来。

　　"噢，我痒得受不了了！"它吼叫说，"哦，我翻身，只是你别挠我的痒痒！喔嚯嚯嚯！啊哈哈哈！"

　　一股浊气炊烟似的从洞里冒出来。

　　林鼠从洞里探出头来，尖声说："翻身了，要多乖有多乖的！你们不早来求我，我要熊翻身很容易的。"

　　熊就这样翻了个身。立刻，太阳就回到了天空，照得大地暖洋洋的。从此，太阳高高升起；从此，春天日日临近；从此，森林里又明亮又快乐又热闹！

谁的脚印

〔俄罗斯〕尼·斯拉德科夫

早春时节的一个傍晚，森林深处的沼泽地里、松树林里还残留着湿漉漉的积雪，可枞树林的丘上已经干燥了。我在密密的枞树林里走着，像走在漆黑的棚屋里。我停下来，不出声，静静听着。

四周都是黑乎乎的枞树，枞树后面是晚霞黄色的冷光。惊人的寂静，静得能听见自己的心跳和呼吸。啄木鸟在枞树上阴一下、阳一下地敲着，时而轻，时而重。它吱吱叫了几声，又听听动静，可是回应的只有寂静。

忽然，在这无边的令人窒息的黑暗和寂静中，我听见了一阵沉重的脚步声——不是人的脚步声！同时传来的还有水泼溅的声音和冰被踩碎的声音。笃扑，笃扑，笃扑！像驮着重物的马匹在沼泽地上跋涉。猛地，如雷击似的巨响，震耳欲聋！森林颤动了一下，地面也晃了一晃。

沉重脚步声忽然中止了，却听得有轻轻的、慌忙走动的脚步声。

轻脚步声追上重脚步声。嘟嘟声响响停停，停停响响。小步子急匆匆赶上缓慢沉重的脚步声。

我背靠在树身上。

枞树下已经伸手不见五指，只在漆黑的密林间迷迷蒙蒙可以看见沼泽地上的白光。

野兽又叫了一声，像炮轰一般响。巨声又在森林里回响，地面又感觉一阵震荡。

我猜不透这震撼森林和大地的声响是什么野兽来了。这吼声太令人毛骨悚然了——像是铁锤敲击太阳穴，像是落地的一声闷雷，像炮弹在身边爆炸！这声音在我心中唤起的不完全是恐怖，还有望见火山爆发似的那种敬畏之情。

轻小的脚步声急促起来——越来越急促，像是有苔藓缠到它，像是有刺蓬拦住它，像是有小溪必须涉过。

我早就以为这是熊——熊妈妈带着熊孩子。

小熊紧追慢赶，也还落在熊妈妈身后。而熊妈妈早已嗅到了我的气味，所以它气急败坏，火冒三丈。

妈妈一再安慰自己的孩子：小熊不是单独一个，妈妈和它在一起呢。

我理解做妈妈的心思，总是让自己的孩子什么也不用怕，只管往前走。

沉重脚步声听不见了。它在等自己的孩子跟上来，而熊仔轻缓的脚步益发加紧了。熊妈妈已在叮嘱孩子：别落下！于是两种脚步声——沉重脚步声和轻缓脚步声相挨着往前走！越走越远，声音也就越来越轻。最后完全归于寂静。

又是一片静悄悄。啄木鸟停止了叩击。月光又透映在树身上。

我不慌不忙向自己的篝火走去。一种甜蜜的感觉裹住了我的心。

而我的耳际一直嗡嗡震响着森林强有力的吼叫声。

熊这样吓着了自己

〔俄罗斯〕尼·斯拉德科夫

熊走进了黑漆漆的森林里,它沉重的"软靴"一路走,一路在枯枝上踩出嚓啦嚓啦的声响。它的脚步声吓着了躲在枞树上头的松鼠。松鼠一哆嗦,它正捧着啃咬的松果,吧嗒,从高处掉落了下来。

松果掉到了兔子的脑袋上。

本来悄悄趴伏着的兔子猛一下高高跳起,向密林一路狂奔而去。

狂奔的兔子踩到了正在抱窝的松鸡。兔子踩这一脚,把松鸡吓得魂飞魄散,扑噜一声从丛林里飞了起来。喜鹊一见松鸡这么慌张地飞起来,就恰恰恰叫得震天响,一时,满森林都听见了它的惊叫声。

麋鹿的耳朵最灵,它听得喜鹊惊恐万状的叫声,就以为,准是看见猎人进森林来了。麋鹿于是赶快跑,它一跑,就刮得树枝咔咔嚓嚓响成一片。

正呆愣在沼泽地里的灰鹤一听见喜鹊的惊叫声,就都哐哐地咿叫起来。麻鹬边凄厉地惊叫,边在树林上空一圈一圈不停地绕着飞。

熊立马竖起耳朵,停住了脚步。

树林这样乱成一片——松鼠连声吱吱地叫,松鸡唧唧唧地嚷嚷,麋鹿

写给孩子的动物文学

一路逃跑一路踩倒矮树，沼泽里的鸟惊叫成一片。这情况不妙啊！熊似乎听到猎人急促的脚步声！

熊一声狂叫，双耳贴向脑后，随即飞也似的往森林深处奔跑！

熊全然不知，是它自己惊着了一只正啃咬松果的松鼠，松鼠一哆嗦，捧着的松果落下来，碰巧，咚，砸到了兔子的脑门儿上。树林惊恐万状的乱象一直持续了很长时间。

沼泽地里的牲口

〔俄罗斯〕尼·斯拉德科夫

天蒙蒙亮,我和牧羊人米夏到了湿地里。

早晨尾随在夜的后头到来,拂晓的时间并不长。在乡村,什么时候算天亮,只有公鸡知道。天黑乎乎的,还什么也看不见,可公鸡已经伸长了脖子,喔喔喔叫起来了。那一定是它听见了什么,感觉到了什么,才会这么放声啼唱起来的。

森林里谁来发布天亮的消息呢?那就是林中的公鸡——雷鸟了。它站到枯枝上,伸长脖子,迷迷蒙蒙地宣布道:"达克!达克!"

鸟儿们一听见雷鸟叫,也都紧跟着叫起来。微风吹拂着密密层层的芦苇。森林里总有什么窸窸窣窣地在骚响。

这不,村子里的公鸡已经叫过了一轮,而森林里才醒来头一只鸟。米夏说:"很快,'牲口'就会出来了。雷鸟一大早就把鸟群召唤到湿地上来,这霉气冲天的沼泽,是'牲口'最爱来活动的场地。"

"你真是三句不离本行啊!"我逗米夏说。

"不是的,"他认真地说,"湿地里真的像一个大牧场,鸟群就是牲口。"

米夏说的是实话。似乎为了证实米夏的话，在芦苇和菖蒲丛中，有一只鸟在卖力地使劲儿叫着，那声音听起来很像是牧羊人把手指插在嘴里吹响口哨，召唤自己的羊群跟在他身后走。只是这被放牧的牲口是走在恐怖的沼泽里，泥泞不堪，深浅莫测，凡鸟群踩过的水里都会冲腾起一股股刺鼻的霉味。走在这泥淖里可不像踩在陆地大路上那么惬意啊。这里压根儿就没有路。

"湿地这里放牧牲口的来了！"米夏低声说。

"呗呗呗呗！呗呗呗呗！呗呗呗呗！"

"声音仿如小羊儿在叫。是它们陷进泥淖里，一下拔不出腿来了么？"

"不是。"米夏扑哧一声笑起来，"这些被带出来放牧的鸟，都不会陷进泥淖里去的。它们是在这泥淖里长大的呢。"

"那就是像小牛跟不上群那样，因赶不上趟而心慌了。"

"不是。"米夏让我不用为它们着急，说，"这可是在沼泽里长大的'公牛'啊。"

天亮了，雾霭在沼泽地上荡漾。米夏把两个指头伸进嘴里，嘘地吹了一声。"公牛"叫起来了，我们却什么也没看见！这湿地畜群是怎么回事……

"别着急。"米夏小声儿说，"咱们这就会看见放牧牲口的了。"

叫声越来越近了。我睁大了眼往那灰雾笼罩的水草丛中瞅去。

"你都往什么地方瞅呢？"米夏把嘴向下努了努，"往下看，往水里看。"

哦，看见了。一只个儿不大的鸟，大步在泥淖里走动。这踩高跷似的细长腿，看起来像是白头翁。它踮起细腿叫了起来！这叫声，哟，真跟牧羊人叫的一模一样呢。

"白头翁这叫声,就是催促大家都赶快出来。"米夏微微笑了笑说。

我来了兴致。照米夏说,我这就可以看到,按"牧羊人"的口令,鸟儿成群结队出来集合的景观了。

"鸟儿没有不听从召唤的。"米夏点着头说。

随即,我听到有谁在草丛的水里稀里哗啦地走动。接着我看见,一只大个子鸟笨拙地一步一步从草丛里走出来,躬下身去,然后……发出一声公牛似的"哞呜"。

"出来了!一头沼泽大牯子!"

我估摸,米夏说的"羊"就是指它了。这该就是鹬鸟啊——活动在这一带的长嘴鹬!它在沼泽地里一会儿冲向天空,一会儿滑向水面,翅膀和尾巴都很坚硬,在大风中穿飞时呼呼有声。猎人们把它们叫作"羊"。它本来就在这片湿地里的,就是因为天色昏暗,才没有把它看清。

"打吧,米夏,"我打趣说,"把这'羊'给拖回去。"

"我的枪抵押在餐馆里了。"米夏说,"我那枪太费弹药,是打大个子猛兽用的,用来打这沼泽地里的小不点,也划不来。让这'长嘴公牛'在湿地里自由自在地活着吧。"

刺猬找乐子

〔俄罗斯〕尼·斯拉德科夫

刺猬在小路上跑,跑着跑着,脚后跟给什么硌了一下——原来是蜗牛在路上爬!刺猬想:"我的腿跑得快,背上的刺根根都又硬又尖。我何不跟蜗牛寻个开心?"这么想着,它就向蜗牛迎过去,说:"喂,蜗牛,咱们来比赛跑步。规则是赢的吃掉输的。"

蜗牛也够蠢的,竟说:"行啊!"

蜗牛就跟刺猬赛起跑来。蜗牛行走得慢是谁都知道的,六步路就得跑一星期。刺猬的脚嚓嚓嚓,转瞬间就跑蜗牛前边去了。这样一来,蜗牛就被刺猬吃进了肚。

刺猬继续向前跑,忽然后腿又给什么硌了一下。原来是青蛙。刺猬迎着呱呱叫的青蛙走过去,说:"哎,大眼,咱们来赛跑怎么样?规则是赢的吃掉输的。"

青蛙就跟刺猬赛起跑来。青蛙一蹦一跳向前跑去,刺猬突突突几下就跑青蛙前头去了。它抓起青蛙一口就吃掉了。

刺猬吃了青蛙,又向前跑去,跑着跑着,看见树桩上蹲着一只雕。雕

童猴雅什卡

左右倒腾着双脚,嘴壳一张一合,发出吧唧声。

"我怕什么,"刺猬想,"我的腿跑得快,我的刺很锋利。我吃了蜗牛,又吃了青蛙,现在轮到我来吃老雕了。"

刺猬撸了撸自己的肚皮,斗胆对雕说:"雕,咱们来赛一赛,看谁跑得快。规则是赢的吃掉输的。"

雕眯缝起眼睛,回答刺猬说:"就按你说的!"

雕就开始和刺猬赛起跑来。

没等刺猬开步跑呢,雕撑开它那对黑乎乎的长翅膀,扑向了刺猬,凶声恶气地说:"我的翅膀还能飞得比你慢不成?还有,我的爪子还能比你的刺短不成?我不是青蛙更不是蜗牛,瞧我这就吞了你,一口,连你背上的刺!"

刺猬吓坏了,但它并不惊慌失措,而是紧紧缩作一团,哧溜一下钻到了树桩底下。

刺猬就一直蜷缩在树桩下面,就那么跟雕耗着。

雕一动不动,目不转睛地在树桩旁守候着。刺猬不能一辈子不出来吧?

看来,树林里是不可以跟谁都去寻开心的。刺猬寻开心寻到雕这里,也就算寻到头了。

森林的心脏

〔俄罗斯〕尼·斯拉德科夫

森林深处，有一个很靓丽的湖。湖不深，深处也只到膝盖，然而它有着非常神秘的强大诱惑力。

林中小路百条千条，没有一条不通往湖边。这些小路都不是人拓出来的。路上脚印串串，没有一串是人留下的。泥泞间留下的足迹，不是兽蹄痕就是鸟爪印。湖像一块强力的吸铁石，牢牢吸引着所有的森林动物——谁能不喝水呢？凡从湖上飞过的鸟，凡从湖畔经过的兽，见到这湖水，没有不眼睛骤然发亮的。

我走到湖边也一样双眼放光，随而精神为之一振。我只需找一棵树，背靠树干，立时就会感到神清气爽，感到世间我再无所求——有这树荫，有这从树冠筛落地面的点点光斑，我陶然心醉了……

从湖里倒映的云彩间，一只麝鼠探出身来，在湖面上跑着打转转，一圈又一圈。麝鼠的双颊直直翘起黑颜色的刚毛，看它两只前爪在刚毛边频频拨弄的轻巧动作，我猜，准是它把抓到的鱼虾快快往嘴里送。它拖着几根金属丝般的胡须游到倒映的白云边，接着，扑通一声，钻进了水底！

童猴雅什卡

湖边滑溜溜的青苔上蹲着几只青蛙。它们坐着，低声呱呱叫唤着。突然，它们呱呱地大叫起来。原来是一只黑鹬晃着它长长的双腿——像荡秋千似的前后摆动着，沉思的眼睛对着成片的青蛙看。

长跑专家鹬鸰鸟像孩子骑童车一般，只见它双腿上下闪动。它的尖嘴像剑客似的频频前伸，每伸一次就把一只昆虫兜进自己嘴里。

咱们把目光投向湖水里高视阔步的小鹊鸭。小鹊鸭一只跟着一只，羽毛丰满而蓬松，两颊白亮亮的，慢悠悠，晃悠悠，很像是一队幼儿园娃娃在野外漫步。有的小鹊鸭发觉自己落下了，就赶紧在水里摇摆着身子跑步追上。它们在湖面跑得多利索啊，吸溜——吸溜——吸溜，可快了。

一只狐狸从森林里拐出来，跟小木桩似的蹲着，舌头拖下来，它可馋鹊鸭妈妈和它的小鹊鸭了，但是鹊鸭们游弋在湖的那边，它馋，却吃不到嘴。况且，湖那边已经有一只貉正蹑足悄悄挨紧鹊鸭。鹊鸭游到湖中央时，天空出现了一只大老鹰，黑黢黢的，阴森森的，高高悬浮着，腹中空空的它很想抓一只巡游在湖面的鹊鸭。我一下连气都透不过来了，而鹊鸭却对险情全然不知，还悠悠然在那里布鲁——布鲁——布鲁划水！其实，老鹰盯住的是小鹊鸭。不过，它还不打算马上下手，所以，它只在天空盘旋，转了几圈，就自个儿飞回了森林。

有一天，一头小麋鹿来到湖边。它走下湖去，试探着在水中迈步。它的肚腹已经没进了水里，头伸进水中，直到耳朵根。它一定是在水底发现了什么了。它的头从水里缩回来的时候，嘴里衔着长长一根睡莲的细茎。它意外地发现，原来，这湖底竟是一大片草场呢。

而我印象特别深的一次，是我见到一头棕熊蹒跚着歪着腿晃晃悠悠地走到湖边！青蛙一受惊，都扑通扑通扑通往湖里跳，像是湖岸瞬间轰然崩塌了似的。本来在啃草的一只麝鼠呆住了，一只鹬陡然飞起来，一只鹡鸰鸟吓得叽叽大叫。我也不由得哆嗦了一下。

棕熊晃着脑袋，急促地捕捉着林湖气息，抖起耳朵把叮在上头的蚊蝇甩掉，舔着舌头喝了一口湖水。它一条小鱼也捞不着，一只小虾也捞不着。它可逮的青蛙倒是不少，然而青蛙都已经跳进湖里去了……

来吃的都吃饱了，要喝的都喝足了，我这个来考察林湖的也见识了不少了。这与万千林中动物生命相系的湖啊，不折不扣是一个森林的心脏。这林湖上，我虽然听不到哗哗的波涛声，但我分明听到了林湖血脉强有力的搏动。环湖聚集了这么多的鸟兽，它们踏着泥泞、沿着小路从四面八方到这里来，这就是森林脉搏劲力的跳动啊！布谷鸟在枝头的声声啼唤，啄木鸟在白桦树上的笃笃叩击，一声一响就都是一次次血脉的搏动啊！

会飞的小兽

〔俄罗斯〕尼·斯拉德科夫

森林里,一只啄木鸟大声叫起来了。那声音实在太大,我一听,就知道啄木鸟遇到不测了!

我穿过密林去,一看,见空地上有一棵枯树,枯树上有个挺规整的树洞。那是啄木鸟的窝。一只从不曾见的小兽,正沿树干向那窝爬去。我叫不出那是什么兽,灰不溜秋的,尾巴不长,不蓬松,圆耳朵很小,跟小熊耳朵差不多,眼睛大而凸,像鸟类的眼睛。

小兽爬到洞口,往洞里瞅了一眼,看有没有鸟蛋可掏……啄木鸟拼死向它扑去!小兽往树后一闪。啄木鸟追了过去。小兽绕着树身滴溜溜转,啄木鸟也跟着转。

小兽爬呀爬呀,爬到了树梢,再上不去了。笃的一声,啄木鸟上去啄了它一嘴!小兽从树上反身跳起,随即就在空中向下滑翔……

小兽的四爪向四面伸开,像一片枫叶似的飘在空中。它的身子一会儿侧向这边,一会儿侧向那边,小尾巴像舵一般转动着平衡身体。它飞过了草地,落在了一根树枝上。

抚摸着蛋，看着，闻着，甜甜地微笑着。

这蛋小姑娘倒是捧回家来了，可如今拿它怎么办呢？还是奶奶先想出了好主意：鹅妈妈正在凳子底下草窝里孵蛋哩，一起孵就是了。奶奶把天鹅蛋塞到了鹅妈妈肚子底下。

小卡佳想快快孵出一只小天鹅来。她一天去问奶奶好几遍，每天晚上睡前都要对家里所有人说："要是小天鹅忽然孵出来，你们就叫醒我。"

一天早上，奶奶叫醒小卡佳，把她抱到炉台前。这里，大筛子上有一团灰不溜秋的东西，在那里嘻嘻、嘻嘻不停地叫唤。它要站起来，结果摇晃了几下，笨拙地歪倒在筛子边上了。

"瞧，它就是你的小天鹅，它头一个出来！"

小卡佳脸上漾满了笑。

"奶奶，我可以拿它玩儿吗？"

"傻孙女，天鹅可不是可以拿来玩的鸟。它长大以后，个儿挺大，白生生的。"

"就像白蛋那样白吗？"

"像一团雪。"

不过奶奶还是把小天鹅搁到小卡佳手上，让她捧了捧。

过了两天，这筛子上站着十一只小鹅。

小鹅们跑起来摇摇晃晃的，很笨，小卡佳真担心它们遭猫叼去吃了。后来，小鹅们嘻嘻叫着跳进了水里，她这才放心了。

小天鹅跟小鹅没有多少不同的地方。小天鹅只是大些，灵活些。小卡佳给鹅们喂面包屑，头一把总是先抓给小天鹅；小卡佳讲故事，头一个也总是对小天鹅讲。

夏天很快过去。草莓熟了,麦子长高了,小鹅们和小天鹅长大了。现在,小卡佳一走开,小天鹅就会扑闪翅膀追过来。小天鹅用一只翅膀在地上撑一下就能飞一程路了,每到它飞的时候,小卡佳就追着喊:"飞呀!远远地飞呀!"

小天鹅飞得一天比一天高了,飞得一天比一天远了。小卡佳也伸开双手跑着,想学小天鹅飞,想像小天鹅般骄傲地、稳健地在高空中用惊喜的目光俯视大地。

奶奶告诉她:小鹅这会儿毛还没有长丰满,还飞不远,等刮起了北风,天鹅就要成群地往南飞,飞到温暖的地方去了。

刮起了北风。冬天到了。

奶奶说,天鹅快要飞走了。小卡佳知道应该让天鹅飞到温暖的地方去过冬,可心里就是舍不得。她哭了。

有一天,小卡佳醒来得很迟。她在窗口看到外面下过雪了。奶奶蹲在小孙女身旁,低下灰白的头,说:"小卡佳,你醒来得好晚呐!"

小卡佳细声地说:"奶奶,天鹅飞走了吗?它现在该在哪儿啦?"

"很远很远。在海洋上空飞着吧。"

小卡佳想象着那浩瀚的海洋。她看到了温暖的大海,汹涌着湛蓝湛蓝的波涛,船舰从地平线上驶出来。在高高的、高高的蓝天上,她看到了一只白天鹅。它从高空瞰望南方的岛屿,南方的人们。

"克令克克令克!克令克克兰克!"

小卡佳觉得天鹅好像正跟她说话哩:"谢谢你,卡佳小姑娘!别难过!明年春天,我会回到故乡来的!"

陌生鸽

〔俄罗斯〕杜多奇肯

早晨,格里夏跑上台阶,正想喝令鸽子飞起来呢,忽然发现灰鸽群中间有一只陌生的黑花鸽。那是一只会翻跟斗的良种鸽。它在台阶旁边慢慢地走来走去,在草地上啄着什么。

格里夏一面温柔地"咕咕、咕咕"叫着,一面蹑手蹑脚走下台阶,向黑花鸽伸过手去。陌生的鸽子稍稍蹲下,缩着头,可是,并不想飞走,好像要别人抱它似的。

格里夏打量了它一会儿,说:"陌生的鸽子,胆子可不小!"等到他从商店买面包回来,那只鸽子还没有飞走,会不会是它的翅膀受了伤?

格里夏抱起鸽子,看见翅膀上有四根大羽毛被粗线紧紧绑扎着。不知道扎线的人为什么这样做,是怕它飞走呢,还是有别的什么缘故?

格里夏用小刀小心地割断了细线,轻轻把羽毛梳理好,抚摸了一会儿这个自己飞来的小客人,然后把它抛向了天空,说:"飞回家去吧!"

鸽子展开翅膀,在房子上空飞翔。

"再见,陌生的鸽子!"格里夏挥舞着帽子,喊道。

鸽子在房子上空飞了两圈,顽皮地转了几个身,然后,优美、灵活地翻了一个跟斗,向格里夏的脚边飞下来。

"怎么样,朋友?翅膀上不扎线,你不是自由了吗?为什么还飞回来?是要对我说声谢谢吗?"

格里夏喜欢跟鸽子说话,班上的同学都说,鸽子懂他的话。这话不假,瞧,这只会翻跟斗的陌生鸽走到格里夏脚跟前,侧着美丽的黑冠,信任地斜睨着格里夏,这样站了几秒钟,然后啄掉卡在格里夏鞋帮上的草籽,又抬头瞅着他。

"好吧,好吧,我知道,你什么都懂。"格里夏捧起陌生鸽,轻轻地抚摸它,然后又把它抛向了天空,"回家吧。你的主人要等得着急了。"

这一次,陌生鸽还是没飞走,它在天空中盘旋了一阵,降落在屋顶上。那里,格里夏的灰鸽们正在晒太阳,用嘴梳理着它们的羽毛。陌生鸽也加入灰鸽群里,开始打扮自己。

就这样,它不管小主人同意不同意,在格里夏的鸽棚里住了下来。五六个星期后,这只聪明、听话、飞行老练的鸽子成了灰鸽群的头鸽。可是格里夏还是叫它"陌生鸽"。

有一天,邻村的小伙子卡费嘉来做客。他看见陌生鸽非常惊奇地说:"这好像是我的鸽子。"

他想抓住在台阶栏杆边走着的陌生鸽,可是,鸽子一下子飞到屋顶上去了。

"格里夏,这只鸽子怎么会在你这里?"

"它飞来,就自己留下了。"

"扎着翅膀飞来的?"

"扎着翅膀!'陌生鸽',到这儿来!"格里夏拍拍自己肩膀。鸽子立刻飞到他的肩上,安静地蹲着。

卡费嘉闷不吭声,只是皱着眉。他明白了,他对不起这只鸽子。

我怎么把秧鸡活埋了呢

〔俄罗斯〕韦·阿斯塔菲耶夫

很早了,大约四十年前,我曾有过这么一件让我记忆终生的事。

初秋的一天,我从牧草地上赶牲口回家,在一个干涸的小水塘旁边,在一棵水杨树下面看见了一只我没见过的鸟。

它听见我的脚步声,就一下钻进枯菖蒲丛里去蹲着,躲起来。可它还是发觉我在瞅它,怕我走近它,去逮它,于是就又站起来跑了。它跑得跟跟跄跄,趔趔趄趄,跌跌撞撞,结果绊了一跤,往一边倒下,爬不起来了。

这小鸟里里外外浑身充满野性、机敏、灵活,过去一定是常常被淘气娃娃追逐,被狗追逐,而每次它都轻轻松松就逃脱了。此刻,它为了保住性命,相信自己也一样能从我眼前逃脱!

我在一条犁沟里追小鸟。我今儿个非逮住它不可,所以就拿我手里还滴着水的钓竿抽它,不管抽得着抽不着,反正就一下接一下连连地抽。

我终于把它逮到了手。这小鸟瘦筋巴拉的,软塌塌的,像是没长骨头。它像是死了,毫无血色的眼皮子紧闭着,脖子像被打了浓霜似的,软不拉几的,蔫蔫地耷拉着。它的羽毛黄生生的,只两侧带些铁锈色,背部均匀地散布着黑色条纹。

我认得这鸟。这是一种爱在池塘里悠游的小鸟。我们这里叫秧鸡。它的同类现在都已经离开我们这里，飞到南方去过冬了。就它飞不走，因为它只有一只脚——刈草季节里，它曾被一个立陶宛人捉住，弄断了它的一条腿。所以从我眼前逃开时，它总是歪歪倒倒的。本来我哪能逮住它呀——就因为它跑不快，才让我追上，被我捉住了。

它太瘦了，身子轻飘飘的，羽毛也失去保护色。最主要是，它只有一只脚，残疾的鸟儿在我们这里是准定熬不过长冬的。因此，我就想行个好，在犁沟里挖了个凹坑，将它扔进坑里，潦潦草草盖上一把土，也不曾细想——我这是把它活埋了。

我生长在一个以狩猎为生的家庭里，长大后，我也成了猎人，但从来也不曾在万不得已时开过枪。我对我自己想也没多想就轻率活埋了小鸟这件事，现在一想起来就觉得悔疚，悔疚得刻骨铭心，终生难忘。所以每当夏季来临，我就迫不及待想要回家，回到俄罗斯，回到那片一到夏天就到处能听到秧鸡清脆鸣叫的地方去。

稠梨已经开花了，睡莲也已经开过花了，毛茛的茎干也开始耷拉下来，青草也已经在风中摇摆着长高了，野菊花瓣也已经撒满山坡了，夜莺唱了一个春天，现在虽然还在唱，但已经有气无力，有一声没一声的，越来越没有劲道了。

可是总也见不到夏天到来的迹象。是夏天没装扮好一时出不了门，还是怎么的？

然而，忽然有一天清早，河边儿上，绿草如茵的斜坡上，就到处都听

童猴雅什卡

得秧鸡"库列克、库列克"的悦耳叫声。秧鸡从南方回来了！我终于把它们盼回来了！这叫声多好听呀！明摆着的，夏天确实是到来了，也就是说，刈草的时节快到了，这意味着，时序一点都没有紊乱呢。

年年都这样。我会一边安慰自己，一边臆想着，我那早年草草埋进犁沟的小秧鸡会奇迹般地活过来，腿也不断了，什么事儿也没有了，在我向它说"再见"的时候，它会"库列克、库列克"叫着向我道别。

现在我才知道，秧鸡的一生过得有多么不容易——它们从遥远的南方飞到我们这里来，到俄罗斯来，憧憬着在这里过个舒适的夏天。

冬天一到，它们得匆匆飞往非洲，在那里过完冬天；到四月，又得急急忙忙离开非洲回来。在非洲，放眼望去，草木都是蔫蔫的，像被火烤熟了似的，那里，即使在夜半三更，树木也打不起精神来，茂盛的草丛里到处都有蛇蝎睁着贪婪的眼睛。可它们还得在那里筑窝，在那里繁殖后代，辛辛苦苦给孩子喂食，让它们吃饱，这样孩子才长得好身体，才会有强健的腿脚和翅膀，才能征飞千里万里，回到俄罗斯。

秧鸡们不得不这样不畏路途遥远，匆匆赶到非洲，又从那里匆匆飞回来，一年两度飞越地中海。几千只秧鸡就在这遥迢的征飞中丧生，在飞越地中海时，一旦体力不支，就无可奈何地掉落在大海里了。

秧鸡们长途征飞的过程中都遇到过什么艰难险阻，很少有人知道。在这漫长的飞行途中只有一个城镇可以供它们歇歇脚，这就是法国一个古老的小镇。这个小镇的镇徽上镌刻的就是一只秧鸡。在秧鸡来到这个小镇暂憩时，全镇的人都把手头的活儿放下来，所有的人都像过节似的，家家烘烤秧鸡模样的面制糕点，就像在俄罗斯，每当云雀飞来时就会烘烤云雀模样的甜点一样。

在法国的这个古老小镇，秧鸡们像贵宾一样受到尊重和爱护。我如果有幸住到那样的古老小镇去，我想我一定会住到死的。

而我生活在离那个法国古镇很远的俄罗斯。我在我居住的城市已经生活了很久。在这里，在抗击纳粹的日子里，我看见许多人被德国人杀害了。纳粹士兵也对我开了枪。

可为什么，我究竟是怎么的了，当我听见河边的秧鸡鸣叫，我的心就会咯噔咯噔剧烈地蹦跳，瑟瑟地打哆嗦，早年我活埋了秧鸡的情景总会一再出现在我眼前，总会折磨我的心灵：我当时怎么会活埋了那只秧鸡的？我这是为什么？

鹬竟这样聪明

〔俄罗斯〕尼·斯拉德科夫

走出森林,就走进了田野。走着,走着,觉得有点走不动了,我就坐下歇气。

忽然看见一只山鹬从我面前跑过,一只山鹬——看来是只山鹬妈妈,它后头跟着四只小鹬鹬,都只顶针那么大小,而腿却长长的,走路都像是在踩高跷。

鹬们前方横着个水洼子。鹬妈妈翅膀一展,飞过去了。而小鹬鹬们的翅膀还没有长出来呢,该长翅膀的地方只蓬起两绺绒毛毛。鹬妈妈自己飞过水洼,并没有停下步来等待它的小鹬鹬们跟上来。小鹬鹬们一步不停地从水面像踩沙滩似的踩过去。它们迈步迈得轻巧极了——仿佛水抬着它们小小的身躯。我简直看呆了,不由得失声惊叹起来。

山鹬妈妈从水洼子那边的草地上看了我一眼,就给它的孩子们低声说:"皮——呜!躺倒!"

三只小鹬已经走过水洼子,听到妈妈的命令,就立即向沙地躺了下去,它们于是马上就从我的视野中消失了,它们黄生生的背脊和黄沙、灰石子一下就分不清了。而还有一只小鹬鹬没来得及过水洼子，就一下钻进了水中，只露出个小脑袋来，它一听到"皮——呜！躺倒！"的口令，便立刻就地躺倒。

我蹚过水洼子去，然后就在这些听话的小鹬鹬身旁坐下。

"我倒要看看，"我思忖着，"它们下面还有什么把戏。"

这只躺在水洼里的小鸟就纹丝不动地躺在那里。水冰冷冰冷的，它的绒毛全湿了，细腿插在水底的砂石里，难受呢，可它就是晃都不晃一下。它一对小玻璃球似的眼珠子，也一眨不眨。妈妈叫它躺着，它就听话地躺着不动。

我坐着，坐着，坐得连腿都发酸、发麻了。我轻轻拨弄了一下紧挨我旁边躺着的小鹬鹬，它还是一动不动。

蚊子飞来侵扰它们。有一只蚊子就叮在一只小鹬鹬的脑袋上，一根细长管子插进了它的皮肤，然后开始猛吸，血就顺着管子往上流。小鹬鹬的小脑袋在蚊子面前显得很大，大得像个怪物；这蚊子眼看着膨大了，膨大了，直到整个肚腹都红彤彤的装满了血。

小鹬鹬疼得眯起眼睛，但是它还是忍受着，待在原地纹丝不动。

可我却不能再容忍了，我气死了。我躬下身，一扇掌，把可怜的小鹬鹬头上的蚊子给灭了。然后小心翼翼地用两个手指把不住哆嗦的小鹬鹬给夹到我的嘴唇边。

"你玩捉迷藏玩得好极了！"我一边用我的嘴唇轻轻摩挲小鹬鹬头上的柔毛，一边说，"现在，你赶快跑，跑去追赶你的妈妈吧。"

然而小鹬鹬连眼睛都不眨一眨。我又把它搁在干燥的沙地上。小鹬鹬还是一动不动。

童猴雅什卡

"难道它已经死了?"我担心地想。我从坐着的石头上站起来。

我这站立的大动作,吓着了躲在河岸边观望的鹬妈妈。

"克鲁——克鲁!"鹬妈妈从远处传来叫声,"站起来!赶快跑!"

四只小鹬鹬眨眼间弹起身,直起长长的腿,"奇克——奇克"地叫着,向鹬妈妈箭也似的飞跑过去。

"哎呀呀——"我对自己说,"要是我小时候这样听妈妈的话,我早就有大出息了。我小时候那会儿多淘气,多让妈妈操心啊……"

我穿过林中大沼泽,回了家。

可尊敬的鸟

〔俄罗斯〕尼·斯拉德科夫

水泽地里,放眼望去到处都是鹭鸶。什么样的鹭鸶没有啊!

鹭鸶大大小小,颜色各个相异,有白色的、灰色的、褐色的。有的白天在沼泽湿地走动,有的则在夜间才出来巡弋。

鹭鸶的颜色、个头不同,但样子都一本正经,站在那里,丝毫不苟且。当然,最正儿八经的是叫声"呱呱呱"的鹭鸶。

呱呱鹭鸶到夜间才出来。白天,它们在窝里闲待着,一到夜里就慢悠悠地走出来啄青蛙和小鱼吃。

夜间,沼泽湿地里倒还凉快。中午时分,它们在窝里可遭罪了。艳阳把森林蒸烤得一片闷热。呱呱鹭鸶站在窝边上,不让阳光照进窝里。它们热得实在受不了,它们的呼吸显然很困难,甚至能听见嘘嘘的喘息声。它们大张着嘴,翅膀展开着,耷拉在两边,整个儿一副疲惫的倦态。

我就自个儿琢磨,这呱呱鹭鸶看样子一丝不苟的,可仔细一想,它们也真是笨到家了!不会躲到阴凉处去蹲着吗?这不明摆着是脑子不好使呀。这窝做得这么马马虎虎,长长的脚杆从窝里挂下来。

童猴雅什卡

太热了。它们向着太阳,长嘴张得大大的,"呱呱呱"不停地叫。天上的太阳移动得很慢很慢。毒热的阳光总是对着呱呱鹭鸶猛烈地晒……

突然,一滴血滴落到我脸上——鹭鸶妈妈为孩子操心竟沥血了!我一下意识到我这样站在这里很内疚。看,呱呱鹭鸶可是用自己的身子挡着毒热的阳光啊!

我想小鹭鸶应该感觉到凉快些的:因为上方有它们的母亲为它们遮阴,下方有疏疏朗朗的缝隙透着风凉。小鹭鸶在睡觉,长长的脚杆彼此交叉着,从窝底的隙间挂下来。小鹭鸶一醒来就吵着要吃的,呱呱鹭鸶就飞到水泽地里去抓些鱼虾回来喂孩子。等把孩子喂饱了,自己才蹲下来休息。休息的时候,它们的嘴仍四方转动着,为孩子守望安宁。

可尊敬的鸟儿啊!

林马可真能唱

〔俄罗斯〕尼·斯拉德科夫

唱歌也跟我们干活一样,并不轻松呢。

这是六月的事。我和我的弟弟两个住在帐篷里。这是专为观察森林动物而搭建起来的简易棚子。我们兄弟俩轮流进森林。今天轮到我弟弟,他在天亮前就早早赶到了森林。

"我什么也不会动你的,你放心好了!"我让他安心去,"该你收拾的,我不会去动一根指头的!"

林马鸟的晨歌从窗棂间传进来的时候,我还迷迷糊糊的没睡醒呢。

"一!"我弯下指头数着。我才弯下指头呢,这林马鸟又唱了。"二!"我出声地数着,勾下了第二个指头。

我就这样给林马鸟计算起它唱歌的次数来。

我还没有足够清醒呢,林马鸟唱歌的次数已经勾下了我十只手指。

我还能怎么办呢?我拿火柴杆来计数。我们的火柴有两盒,有100根哩。我把贴身保暖衣平平铺在地上,在一旁把两盒火柴统统倒出来。这样,火柴杆多少,林马鸟唱歌的次数也就是多少。不承想,才到太阳升起时分,

童猴雅什卡

我的火柴就数完了！

我在保暖衣上摆上小刀、手表和指南针。我的这些可以用来计数的物件统统都用完了，可林马还在一声声唱个不停。

再没办法时，我就把我积下的废品都给用上了。但是我想只用我自己的废物，弟弟的我不想去动它们！

不行。林马鸟还在唱。我火了，决心摽上了，于是一下跳出帐篷，篷外就有一大抱枯枝条。我的心一下稳定了。帐篷内外凡能用来计数的，我都用上了，连衣袋里也掏了个空。

可林马鸟还在唱，唱完一曲又一曲，一支完了又接上来一支。

我往保暖衣上扔下了一根根的木棒。

我往保暖衣上扔下了一个个的松球。

我往保暖衣上扔下了一颗颗的石子。

我往保暖衣上扔下了一根根的细枝。

我往保暖衣上扔下了一张张的叶片。

我往保暖衣上扔下了一茎茎的枯草。

还没到中午呢，我的保暖衣上用来计数的东西已经堆叠得满满当当了，我不得不跑出帐篷去。帐篷四周再没有可以用来计数的东西了。为了寻找可以计数的东西，我跑向了河边。

而林马鸟还在唱！

我没有工夫用早餐，我没有工夫收拾帐篷——收拾帐篷说好今天是弟弟的事！我气不打一处来，我恨不能自己有一千只手可以供我计数。眼看着，我就要成为这只林中歌手的手下败将了！

林马鸟到天擦黑的时候才休止了它的歌唱，这时帐篷周围已经没有一点碎屑可捡了。

"你可真勤快啊！"我的弟弟回来，环视了一眼帐篷，就说。

我一声不吭，默然把垃圾从帐篷里清理出去。

"你还要拿这堆垃圾做什么用？"他问。

"这不是垃圾堆，这是鸟歌！"我吼了一句。

天黑了，我们燃起了篝火。我借着篝火的光，清点林马鸟的歌唱次数。木棒、松果、叶片和细枝，一共 3230 个。

3230 支歌啊！林马鸟连续不断唱了 17 个小时。3230 除以 17，每个钟头唱了 190 支歌！

这天夜晚，我睡成了一条死狗，想想，倒腾了 17 个小时的物件！第二天天亮，我的弟弟已经做好了早餐，我还躁在床上，假如林马鸟在 6、7、8 三个月最少连唱 70 天，那么它要唱 226 100 支歌！哦哟！

这么算来，孩子们，你们可千万不能因为打鸟这玩意儿好玩，就打着玩！千万别！要知道，你"当"的一枪，几千几万支鸟歌就没了。

森林没有鸟歌……哑默森林绝不是我们希望要的啊！

林中信号

〔俄罗斯〕尼·斯拉德科夫

猎人有许多帮手。

善于追踪的猎狗，尖声大叫的伏击鸭，经过严格训练的鹫和隼。最普通的帮手是体力超凡的鹰，它们经人长期严格训练以后，不但抓得住鸟，甚至还抓得住个头不小的野兽。

然而最好的帮手，是能为猎人在高处瞭望的那种。

经验丰富的猎人甚至能让森林中的一些野兽为自己干活。这类猎人不用满森林去追猎野物。

有帮手的猎人只需坐在覆满了苔藓的树墩上，只需背靠着粗糙的大树，时不时四下里望望就可以了。

猎人的头上有大树浓密的枝叶遮凉。猎人的下面有小树叶子的彩色花纹可供欣赏。上下都有光斑在追逐，在晃动。

猎人的眼睛这会儿憩歇着。他有几十个腿脚敏捷和目光锐利的森林居民在不知疲倦地为他瞭望、观察。

瞧，有雏鸟叽叽叫了。猎人把手掌窝起，搁到耳朵背后，这样能够听得更清楚些。小鸟弱小的尖声吱吱吱的，一听就能听出来。一听雏鸟叫，就说明森林里有不寻常的事情在发生了，就说明雏鸟们觉察到了情况的不祥。这可怕的事情，无声地发生在丛密的矮树林里，悄然发生在茅草丛中。虽然人的肉眼看不见，但一定是在发生着。

这声音，对猎人就是信号！这信号比狗的叫唤要准确得多。

又是一阵小鸟不同的尖叫声传来。随后，从森林事件发生地传来的信号越发频密了。

这时，拨开眼前的树枝，仔细看窸窣发响的树杆，走进小片的林中空地看，看到的是……

在密林中间的空地上，看到的就更多！要把看到的都一一描述出来，那太困难了。有一起关于松鸡的故事就更好笑，我看过之后就永记不忘。

熊在森林里一挪一撒地走动着。熊通常是一边走一边呼噜呼噜地吼叫。猎熊，一是不能在熊肚腹饥空的时候进行，二是不能在它发出含糊叫声的时候。猎熊得在它吼叫音调低沉的时候进行。

熊头不少时候是灰扑扑的，它总在矮树林里钻，所以脸上就不免会糊满蛛网，灰扑扑的。

还有，熊总是跟着嘶哑鸣叫的松鸡跑。松鸡从一棵树飞到另一棵树，熊也总是步步相随。两只松鸡把熊引到自己的窝旁，就"亲手"把熊交给下一对松鸡夫妇。这样，从一对松鸡夫妇交给下一对松鸡夫妇，如此循环往复……

松鸡们交流的话语都是压低嗓门说的，说得轻悄悄的，不会让熊感到

不安和讶异。

熊可能是觉得自己上当了,所以它开始凶巴巴地吼叫起来,步子随即也急促起来。

虽然熊躲进了密林里,但这些该死的松鸡还是听见了它的响动,知道它躲藏的隐蔽处。松鸡们——这些该死的松鸡们,还死死揪住熊不放!

我看见熊气呼呼的样子,猜度着这些松鸡叫声所传递的用意,我想,我的手里已经揣着揭开森林全部秘密的钥匙了。还有谁逃得过鸟们锐利的眼睛?不过松鸡们滑头滑脑的那一套却瞒不过我的眼睛。

这时候跑来了一只雪豹。好多人都听到过它那可怕的啸鸣声,却是谁也没见过它的模样,连经验丰富的兽迹专家也难觅它的踪影。这野畜狡猾到什么程度,由此可想而知。

我心中冒出了一个大胆想法:要是借助这些松鸡,这些森林侦探们,我会获得些什么样让人意想不到的信息呢?

我于是开始在森林里走动。我坐在树桩上久久地想。

我的双眼和我的双脚得到了休息。但是我的耳朵支棱着,倾听着四面八方的动静!

这样,终于有一天,我坐在树桩上,忽然听见松鸡们尖叫起来,声音是那样的急骤、那样的狂乱,像是什么野兽一下叼住了它们的尾巴似的。

我当即跃身站起,端好了枪。它们用故意压低了的声音,向一头熊大叫,于是熊拉开嗓门大吼起来,吼声大得整座森林远远近近都能听见!

我的头脑里忽然活现出一头雪豹的身影:一双冷酷的眼睛,一张凶残的嘴脸,通身黄褐色,从头到尾布满了黑花点。

我的心一下抽紧，这样厉害的家伙倘能被我猎获，那我就能一生享受殊荣了！这华美的雪豹，这咆哮森林、目空一切的雪豹，可是为猎一生的人所梦寐以求的啊！

我立即往枪膛里压进一梭子弹。我的前面恰好还有一个斜坡，我立刻俯卧下来，我的身子露出坡面四分之一，枪口正可以对准吼声发出的目标点。我的一只脚探摸着地面，却不蹬动枝叶，不发出一丝响动……

借着枝叶间筛下来的微弱阳光，我紧盯着前方的动静。林间溪流在堤岸巨石上撞击出哗哗的轰响。我看见，巨石上蹲着一只松鸡，黑油油的峨冠高高耸起，另一只松鸡像发疯似的在周围狂蹿乱跳。两只松鸡都拼命嘶叫着，疯鸣着，似乎是忽然出现了熊和雪豹。

我的手指扣住了扳机。

我透过树叶、透过蕨草看过去……定睛地看，直看得我眼眶出泪。

怪了，什么猛兽也没有出现……

突然，蹲在巨石上的松鸡飞起来了，还用嘴去拽另一只——就是去拽那只疯蹿狂跳的松鸡的尾巴，要它也一同飞起来——可是，它拽住的不是尾巴，是尾巴上吊着的什么东西。

"什么东西"被摔脱了，摔在了石块上。

这时，两只松鸡都扑腾翅膀飞上了巨石，头冲下，直起脖颈，扯开嗓门，叫得更响了。

这是对着谁叫呢？

原来是一只螃蟹！

我从望远镜里看到，螃蟹用它蜘蛛般伸开的脚蹲着，向前伸出两把钳

子似的大螯。

两只松鸡嘟噜一声飞起来，带走了蟹的大螯。它们边飞边甩动尾巴，拼命想把大螯给甩脱掉。蟹横着身子爬，好几条腿轮流着地，像弹钢琴似的，往水里爬去，逃开了！

然而事情并没有到此完结！

蟹没能逃脱。

一只松鸡拉住蟹的一侧，另一只松鸡拉住蟹的另一侧。

两只松鸡争起来了。接着两个家伙都飞进了森林。

我站起来，从枪膛里退出了子弹。

拿叫声去判断鸟的信号，就会发生这样让人笑破肚皮的事！蟹的大螯对它们来说实在太恐怖了，对于熊和雪豹，它们也不曾有过这样的害怕。这的确是要叫人笑破肚皮的！

"好办法！"我寻思着。我不由得"嗤"的一声失笑了起来："那么，我干吗还傻傻地坐在这树墩上，舍不得我的眼睛，舍不得我的腿？我用这几副蟹螯就能轻而易举把雪豹给拿下呀！"

我走过去，把松鸡费老大劲儿甩下来的两只蟹螯捡起来。我要把它们带回去，作为我所遇到的这件笑事的纪念。

我快步走进了丛林。

我大踏步走着，走着，可忽然一下怔住了。在湿漉漉的地面上，深嵌着一串雪豹的蹄印，清清晰晰的，又大又深！

这畜生刚才在这里走动呢。它跟我这会儿一样，也是大踏步地走，吧嗒吧嗒。只不过，我盯着的是松鸡，而雪豹盯着的是我！当我睁大眼看螃经亮开了它的歌喉。而天亮以后，一切都看得清清楚楚的时候，它倒不唱了。原来是天一亮堂，它就能看见它喜欢吃的甲壳虫和蜘蛛了。

金翅雀在我家住定了，已经完全习惯了。我一打开笼子门，它就会跳上我的手指，站稳了，就开始颤动它的歌喉，嘹亮的歌声就源源从它的小嘴里飞溅出来！我的生活里已经不能少了金翅雀了。

可忽然来了早先卖给我金翅雀的那个人，他说："你把金翅雀卖还给我吧！我昨天去逮我心爱的金翅雀，发现它夭折了。把你的金翅雀卖给我吧！"

我简直不相信我的耳朵了——"有这样做买卖的吗？"

"有的。"他说，"卖给我！"

我一时不知说什么好了。

"我怎么会卖掉它呢，要是……"

"什么假如，"卖鸟人追逼着我，"什么要是？怕吃亏是不？那么这样，我除付给你10戈比，还算给你一年喂养费。喏，喏，一个卢布，把金翅雀卖给我吧。"

"你出100卢布我也不卖呀！"我生气了，"给100卢布？给1000卢布，我也不卖！"

"嘀，我今天碰上投机倒把分子了，"卖鸟人提高了嗓门，"想到我这里敲一家伙啊！区区一只金翅雀，一个卢布的事，他却要敲我1000卢布！你大概是希望我还价，还到999卢布，然后成交——是不？"

我急得直翻白眼，我自己都惊讶了。我也是，我干吗说1000卢布呢……

卖鸟人吐了口口水，呸！嘡一声甩上我的门，走了。

童猴雅什卡

可我还一个劲儿在翻白眼,我想,这是干吗?

接着我甩了甩手,闭上了眼睛。我这一生还没有翻过这么长时间的白眼呢!我从我的座位上站起来。我的房间里弥漫着鲜嫩枫叶的清香,和柳树枝条好闻的气息。这时它的花序已经不再像兔子尾巴,而是像个小鸟蛋了,里边玫瑰红的芽已经绽开了。

我的整个房间里都缭绕着金翅雀快乐的歌声。歌声像水花一样从它的嘴里飞溅出来!

窗外阴暗的冬天仿佛已经不在了,树枝上仿佛不再挂着冰凌。时序仿佛已到五月……

这就是金翅雀歌声所带来的——金翅雀迎春的歌是如此珍贵,它是1000个卢布能买到的吗!

图书在版编目（CIP）数据

童猴雅什卡 /（俄罗斯）勃·瑞特科夫等著；韦苇译. -- 北京：北京时代华文书局，2018.8
（写给孩子的动物文学）
ISBN 978-7-5699-2465-7

Ⅰ. ①童… Ⅱ. ①勃… ②韦… Ⅲ. ①儿童小说－短篇小说－小说集－世界 Ⅳ. ①I18

中国版本图书馆CIP数据核字（2018）第122190号

写给孩子的动物文学
Xiegei Haizi de Dongwu Wenxue

童猴雅什卡
Tonghou Yashika

著　　者｜〔俄罗斯〕勃·瑞特科夫 等
译　　者｜韦　苇

出 版 人｜王训海
选题策划｜许日春
责任编辑｜许日春　沙嘉蕊
插　　图｜赵　鑫
装帧设计｜九　野　孙丽莉
责任印制｜刘　银

出版发行｜北京时代华文书局 http://www.bjsdsj.com.cn
　　　　　北京市东城区安定门外大街138号皇城国际大厦A座8楼
　　　　　邮编：100011　电话：010-64267955　64267677
印　　刷｜凯德印刷（天津）有限公司　022-29644128
　　　　　（如发现印装质量问题，请与印刷厂联系调换）
开　　本｜710mm×1000mm　1/16　印　张｜12　字　数｜135千字
版　　次｜2018年10月第1版　　印　次｜2019年9月第2次印刷
书　　号｜ISBN 978-7-5699-2465-7
定　　价｜35.00元

版权所有，侵权必究

本书中有个别篇幅经过多方联系，未能联系到作者，如作者见此信息，请与我们联系，谢谢！